BBC
DOCTOR WHO
Beautiful Chaos
美丽的混沌

（英）加里·拉塞尔／著

王爽／译

新星出版社　NEW STAR PRESS

DOCTOR WHO: BEAUTIFUL CHAOS by Gary Russell
Copyright © 2008 Gary Russell
This edition arranged with Ebury Publishing
through Big Apple Agency, Inc., Labuan, Malaysia.
Simplified Chinese edition copyright:
2017 Chengdu Eight Light Minutes Culture Communication Co.,Ltd.
All rights reserved.
本书由BBC授权八光分文化以简体中文版独家出版发行

图书在版编目（CIP）数据

美丽的混沌／（英）加里·拉塞尔著；王爽译．—北京：新星出版社，2018.1
ISBN 978-7-5133-2902-6

Ⅰ．①美… Ⅱ．①加… ②王… Ⅲ．①科学幻想小说－英国－现代 Ⅳ．①I561.45

中国版本图书馆 CIP 数据核字（2017）第297738号

美丽的混沌

（英）加里·拉塞尔 著；王爽 译

责任编辑： 汪　欣
特约编辑： 姚　雪
责任印制： 李珊珊
装帧设计： 付　莉

出版发行：	新星出版社
出 版 人：	马汝军
社　　址：	北京市西城区车公庄大街丙3号楼　　100044
网　　址：	www.newstarpress.com
电　　话：	010-88310888
传　　真：	010-65270449
法律顾问：	北京市大成律师事务所
读者服务：	010-88310811　　service@newstarpress.com
邮购地址：	北京市西城区车公庄大街丙3号楼　　100044
印　　刷：	北京利丰雅高长城印刷有限公司
开　　本：	889mm×1194mm　　1/32
印　　张：	8.25
字　　数：	104千字
版　　次：	2018年1月第一版　　2018年1月第一次印刷
书　　号：	ISBN 978-7-5133-2902-6
定　　价：	48.00元

版权专用，侵权必究；如有质量问题，请与印刷厂联系更换。

序

记忆是很神奇的东西——它组成了现在的我们、过去的我们，很可能还构成了未来的我们。记忆就是我们的全部。我对记忆、失忆，以及记忆对人身份的影响这类话题一直很着迷。数年来，我的《神秘博士》系列小说一直都是这样的主题。但是在《美丽的混沌》中，我决定越出科幻或奇幻的范围，写一写实际生活中的记忆问题，于是，我尝试着写了阿尔茨海默病，写了深受这种病症折磨的人，以及深爱着他们的人。诺伯尔一家给了我这个机会。

我们不妨回顾一下，看看2008年我刚开始写这部小说时的神秘博士世界。

大卫·田纳特是第十任博士。我在数年前就认识大卫，那时候他还不是博士——自从我看了泰晤士电视台播出的《警务风云》，就十分佩服他。他在那部戏里出演一个精神病患者，他绑架了一个小女孩，把她藏在一辆货车里，而车里马上就要没有空气了。在接受问讯时，他言辞冷静，表现得十分无辜，把警察骗得团团转，导致搜索完全陷入了死胡同。不过，他最后总算是暴露了，女孩也得救了。剧中最后一场戏精彩绝伦，他的表演完全驾驭住了整个场面，角色的疯狂性格得到了彻底释放。无论是剧中的警察，还是电视机前的观众，无不被他那狂躁、脆弱又令人信服的表演所折服。那时我就知道，他是位很有前途的演员。我找过他，也导演过几次他的戏（他演过可恨的纳粹分子、暴躁的苏格兰人、有虐待狂倾向的士兵）。后来，他去跟拉塞尔·T.戴维斯和朱莉·加德纳合作，演出了迷你剧《卡萨诺瓦》。再后来，拉塞尔就邀请他出演了博士。他们的确都是非常明智的人。

我知道他绝对能够胜任博士一角。2008年我也在《神秘博士》剧组工作，有幸近距离看到他们拍戏——不是在电视上，而是去影棚，并且参加了剧本通读会。我想要捕捉剧组的那种气质——狂热且天马行空、敏锐且令人赞叹的气质，而把它写成文字，就成了这本书。我希望写一本书来表现我所见到的第十任博士。

多娜·诺伯尔——当我听说是凯瑟琳·泰特出演这个角色的时候，不禁拼命鼓掌。这真是了不起的选角。凯瑟琳就像所有出色的喜剧演员一样，比人们预先描述的还要聪慧一百倍。说实在的，她真是一位特别出类拔萃的演员，你什么都不用操心——她在演喜剧之前早就是一位优秀的女演员了。我在《渥德星球》某一集的通读会上见到她的时候，她几乎是瞬间就变成了多娜，满脸的讽刺模样转眼变成了撕心裂肺的痛苦神情（当时我读的是渥德的角色，凯瑟琳的表演完全迷住了我）。当读到他们听见渥德在山洞里唱歌那一段时，我不是唯一一个热泪盈眶的人。于是我知道，我应该在小说里体现她的这一点——大声说话，以此掩盖内心敏感和情绪化的一面；这是一个总是在反抗、总是在寻找出路的角色。

博士和多娜都是拉塞尔作品中了不起的创造，对我来说，他们无比真实无比寻常。他们没有老版《神秘博士》系列中那些人物虚构的怪癖，取而代之的是人性和心灵，于是产生了神奇的效果。

然后，还有威尔弗莱德·莫特，威尔弗，爷爷（之前是卖报纸的席德）；希尔维亚，多娜的妈妈，杰奎琳·金将这个角色演绎得十分美好，让人很容易理解。伯纳德·克利宾斯出色地饰演了有点守旧有点唠叨的爷爷，他让这个角色光彩四溢，你甚至希望他就是你的爷爷。这难道不是优秀的电视剧本和剧集表演所能达到的最佳效果吗？你希望这个角色是你的爷爷，因为你是那么的喜欢他，而且那么快就喜欢上了他。

在这个故事里，我加入了自己的角色——妮蒂：威尔弗的"准女朋友"。她勇于接受也愿意付出，很清楚自己该怎样配合这个充满活力的家庭（多娜喜欢她，希尔维亚则觉得她是个威胁），但却永远不会过界（拉塞尔甚至让她在《时间尽头》[1]的一集里出场了，你们不知道我有多开心）。她和威尔弗之间一切都很完美——然而她患有阿尔茨海默病，她和威尔弗都知道，这种病最终会杀死

---

1. 2009年《神秘博士》剧集的圣诞档加长特别篇。

她。大家都不知道她会在什么时候彻底失忆，只知道结果会是这样。这就是悲剧之所在——在外星人入侵、疯狂的电脑、几个聪慧的小孩、可爱的奥拉迪尼小姐之中，威尔弗和妮蒂就像是罗密欧与朱丽叶、凯文和幻虎[1]、埃里克和哈蒂[2]的混合版。

最后，也是我最希望的，虽然我不知道读者能不能感同身受——我希望你们可以感受到。我所说的全都是我的打算——写一个故事，有关失去、悲伤、胜利，以及过我们无法选择的生活，尽管，或者不如说是正因为，那是命运硬塞给我们的。

我只知道，拉塞尔·T.戴维斯读过后流泪了（他是这么跟我说的，也许他只是客气）；然后，伯纳德·克利宾斯给了我人生最大的赞美，他读了CD上的精简版，然后说："这是你写的？我看到作者名字里有'拉塞尔'，还以为是他化名写的。这个故事真是太感人了，简直让人心碎。"我不知道说什么才好（说不定他也只是客气），因为在我看来，虽然《美丽的混沌》是我写过的最好的一个故事，但是我也知道，还有一百多本由更厉害的作者创作的更精彩的《神秘博士》小说。

我只是想写一个在幻想冒险的大背景下，普通人应对现实情况

---

1. 人物出自美国作家比尔·沃特森1985年创作的连载漫画《凯文的幻虎世界》。主人公凯文是个六岁的小男孩，幻虎是他的玩具布老虎，在凯文的想象中敏捷灵活、富有生命力。漫画通过两者的互动，呈现了一个天真的异想世界。
2. 人物出自BBC于1972年至1979年推出的连续剧《赛克斯》。剧中，埃里克和哈蒂是一对双胞胎，埃里克整日沉浸在自己的异想世界中，而哈蒂则忙着为他解决麻烦。剧集展现了这对双胞胎的超现实生活。

的小说。在和拉塞尔一起工作的这些年里,我学会了"想要"去写这样的故事。

我非常感谢他给了我这样的机会。我还要继续努力……

加里·拉塞尔

2012年8月

目录

Beautiful Chaos

一天…… ……………………… *001*

星期五 …………………………… *009*

星期六 …………………………… *079*

星期天 …………………………… *141*

星期一 …………………………… *195*

星期五 …………………………… *235*

一天……（重复）……………… *243*

致　谢 …………………………… *251*

致拉塞尔和朱莉

感谢他们让我自由发挥……

一天……

山上下着雨,那把宽大的高尔夫伞不断发出淅淅沥沥的声音,如同子弹敲打着马口铁。说实话,其实到处都在下雨,但此时威尔弗莱德·莫特只关心这个地方,只关心山上的雨。

无论何时,只要下起雨,他就会想起那件事。

那真是非常非常糟糕的一天,他带着多娜一同回到这个家。多娜昏迷不醒,而且为了她自身的安全,她什么都不记得了。

威尔弗[1]记得那是自己最后一次见到博士[2]——他被雨淋得湿透了,满脸都是水,头发也在滴水,衣服贴在他瘦削的身体上。而他的眼睛则幽暗闪烁,无比悲伤,无比失落。而且十分苍老。那就像是一双老人的眼睛,被古怪地安放在了一具年轻的躯体上。凄凉,孤独。极度的孤独。

然后,就在威尔弗敬礼作别时,那个神奇的蓝盒子消失了。

---

1. 威尔弗莱德的简称。
2. 《美丽的混沌》出版于2008年12月,第四季剧集完结之后。在2009年的特别篇《时间尽头》中,威尔弗将再次见到博士。

他再也没有见过博士。

然而他依然坚持朝天空眺望,朝夜空深处眺望。群星借由多娜的力量得以继续存在。那些星星明亮而温暖地照耀着无数颗行星,有数不清的生命因多娜·诺伯尔而继续存在。但是多娜永远不会知道——她不可以知道。因为,万一她知道的话……

威尔弗不愿意去想。他甚至无法完全理解,他只是信任博士,全身心地信任博士。而博士也值得他信任,因为博士拯救了所有人。

他战胜了伦敦上空的飞船[1]、圣诞之星[2]、太空泰坦尼克号[3]、脂肪人[4]、桑塔人[5]以及戴立克[6]。

而这些只是威尔弗知道的一小部分。据没有失忆的多娜说,这些只是一小部分。

他摇摇头,这一切太磅礴恢宏了。与之相比,他实在渺小且无足轻重。不过他毫不在意,毕竟认识博士就是一种光荣。

---

1. 出现在《神秘博士》2005年圣诞篇《圣诞入侵》中的外星飞船。
2. 出现在《神秘博士》2006年圣诞篇《逃跑的新娘》中,是外星人攻击地球的武器,形状如同圣诞树顶端挂着的伯利恒之星。
3. 出现在《神秘博士》2007年圣诞篇《诅咒之旅》中,一艘名叫"泰坦尼克号"的豪华外星太空游轮撞上了塔迪斯。
4. 出现在《神秘博士》新版第四季第一集中,是一种外星生物的幼体,以人类脂肪为食,外形也圆滚滚的。
5. 出现在《神秘博士》新版第四季第四、五集中,是一种将战争视为无上荣誉的外星种族。
6. 最早出现在《神秘博士》老版第一季第二集中,是贯穿剧集始终的经典外星生物,也是神秘博士永远的死对头,破坏性极强。

他从湿乎乎的口袋里掏出一只旧皮夹，又从皮夹里抽出几张照片。

其中一张是在多娜的婚礼上拍摄的，那场婚礼最终也没能完成。多娜相信自己之所以没能走上婚礼的圣坛，是由于圣诞之星刚好在那一天袭击了伦敦的街道，可怜的兰斯先生被卷入其中，并不幸死去——这是威尔弗告诉她的。事实上，威尔弗对所有人都是这么说的。他还对多娜说，兰斯去世让她深受打击，于是她去了埃及旅行散心。

不管博士对她的脑子做了什么，反正多娜全盘接受了这个说法，并且还自己理清了顺序。她确信事实就是如此。这算是那场"事故"带来的一个好结果——经过大脑的处理，她丝毫不觉得自己过去一整年都是空白，只要你给她一个说法，她就会毫不怀疑地将它合理化。这就像是把拼图中那些不合适的碎片重新修剪一番，让它们最终能够嵌合到一起，形成一幅和原图有点不一样的图画。而多娜自己永远不会怀疑。

另一张照片是多娜父亲过生日时拍的，她当时和爸爸妈妈一起在市区吃饭，结果那成了他父亲的最后一个生日。

最后一张照片上，一位老妇人坐在一把柳条编成的椅子里，手中握着一杯黑啤酒，正在向拍摄者致意。

他叹了口气。这么多年以来，诺伯尔家的这座宅邸一直笼罩着悲伤。

他把照片放到一边，又透过望远镜看了看天。

没什么可看的。

"今晚的夜空怎么样？"他身后有人说。

"你好，亲爱的。"威尔弗请新来的人躲到伞下，"你来这里干什么？会感冒的。"

"没事的，爸爸，"希尔维亚·诺伯尔递给他一只保温杯，"我给你带来了茶和一块巧克力。"

威尔弗感激地接过杯子。他们默默地坐了一会儿，雨在头顶敲出一首交响曲。他扭开保温杯，递给自己的女儿。希尔维亚摇了摇头。

"多娜也曾经带保温杯来这里陪我。"他小声说。

希尔维亚点点头，"我知道。也许我应该提醒她一下，让她可以重新开始。"

威尔弗悲伤地耸耸肩，"最好不要吧？以防万一。"

希尔维亚也转换了话题，"今晚也没有蓝盒子？"

"没有，但是总有一天我会看到的。"

他们停顿了一下。"真的有必要吗？想想他都对我们做了些什么。"

"是的，亲爱的，很有必要。"威尔弗说，"我要确认他就在那里，他依然关照着我们，关照着全宇宙。我要知道，多娜遭受的痛苦全部都值得。况且，没有了他，我们就不安全。"

"你在一个人身上倾注了莫大的信任,爸爸,"希尔维亚轻声说,"也是莫大的责任。"

威尔弗知道希尔维亚不喜欢博士,不光是因为多娜的遭遇。她觉得,要是博士没来过地球,那么戴立克之类的东西也就不会来。他们为此争论了很久,从来没能达成一致。于是,他们就很少提起博士了。

"他就在某处,庇护着我们,亲爱的,他同时也在庇护着火星人、金星人。天知道还有别的什么人。"他喝了一大口保温杯里的茶,"你该回屋暖和一下了,对不对?"

希尔维亚点点头站了起来,"你还要一直待在这儿吗?"

"不,我十一点就回去。"

"多娜说明天打算开车去妮蒂家。"

威尔弗放下茶,"我不去了,谢谢。"他不假思索地说。

"爸爸,你应该抽空去看看她,"希尔维亚握住他的手,"这也是为了你自己。"

"你不该让多娜去,"威尔弗说,"这不安全。万一妮蒂说起博士的事情怎么办?"

"不太可能。就算她说了,多娜也不会明白,妮蒂也不可能解释。"希尔维亚站起来,走回雨中。她回头看了看老父亲,平静地说:"我们承受了超乎常人的痛苦,爸爸,不要再自我折磨了。求求你也去吧。"

"我考虑一下。你别感冒了,回去吧。"

希尔维亚指指天空,"博士也会希望你去。"她说。

威尔弗冲着她皱眉道:"这就过分了,甜心。别这么说。"

希尔维亚点点头,"对不起,爸爸。"说着她便下山离开。

威尔弗看着她渐渐远去,最后消失在视野中。他打开巧克力包装咬了一块,又透过望远镜看了一眼。他有些生气。希尔维亚拿博士说事,这手段可不怎么光明正大,不过,希尔维亚其实说得没错。

泪水从威尔弗苍老的脸颊上滚落。

他心中五味杂陈。

在天空着火事件[1]过去一个月之后……

---
1. 出现在《神秘博士》新版第四季第五集《毒气天空》中。

星期五

特里·洛克沃斯看了眼手机,还是没有信号。玛丽亚肯定恨死他了——他今天要加班到很晚,而且不能让她知道。今晚的番茄肉酱面只能扔进垃圾桶了,再一次地。可怜的玛丽亚——他经常加班,她肯定已经受够了他。他们结婚三个月了,玛丽亚已经怀孕(希望是个女孩),生活并不宽裕。

当然,她的父亲为他们那套位于波士顿庄园[1]的公寓付了首付,但他们自己还得交按揭,支付各种账单,参加产前培训班,购买食物……

特里摇摇头把手机放回兜里。别抱怨了,他对自己说,好好工作,运气好的话,说不定用不了一个小时就能回家了。更重要的是,还有半个小时,他就将离开这个手机信号屏蔽区,至少可以给玛丽亚打个电话。

他从工具箱里找出了钢丝钳。

---

[1] 位于伦敦市米德尔塞克斯地区的一处庄园。

先剥掉塑料外皮，然后剪断铜线。他把旧线从集线盒里拽出来，然后从工具箱里拉出一卷细长的光纤。这些光纤非常让人着迷（好吧，只有特里会这么觉得），因为它们比常规光纤更加纤细。这是由美国人开发的一种新系统（总是美国人），而这幢大楼是英国第一座安装新系统的大楼。他们送特里去纽约培训了六个月，熟悉新系统。那段时间挺不错——他晚上经常和约翰尼·贝茨一起在城里逛，发现纽约真的是座不夜城。很多时候，他们都只能勉强赶上第二天的课程——虽然总是宿醉，但是确实挺开心的。

特里很聪明，他知道什么时候可以敞开了喝，什么时候必须埋头工作。后来他和约翰尼培训结束，回到英国开始安装新的光纤。他俩很快就得到了老板的赏识，还得了些奖金。

老板承诺，安装工作完成后，他们还会有奖金。坦白讲，这笔奖金已经一半进兜了。接线的工作很简单，但移除旧铜线比较麻烦。

约翰尼负责楼上几层，离发布会大厅比较近。他们之前通过扔硬币决定了谁去应付大人物外加和秘书、私人助理喝茶，谁负责楼梯和服务通道。很显然是特里输了，所以他没茶喝。

他从腰间的工具背带上拽出螺丝刀，拧开最后一个集线盒，嘴里吹着从车载广播里听来的曲子。总要打发一下时间嘛。

如果回头看看自己刚刚完成的工作，他会很惊讶地发现，刚才接入的光纤现在正古怪地闪着光。

线缆并没有直接和电源相连,因此也不太可能发光。事实上线缆根本不可能发光,从没有过这种事。但为什么那些光纤亮了?怎么亮的?

可它们确实亮着:微弱的紫色脉冲能量在光纤上飞快地闪烁,仿佛血液正沿着一根巨大的电子生物体内的血管流动跳跃。

特里并没有注意到这些。他看着前面,一心想着下一步要做什么,他没去在意已经完成的工作。

这引发了不幸。不只是特里·洛克沃斯的不幸,确实,今晚他吃不到番茄肉酱面了,但这不幸是对全人类而言的。

特里把最后一截光纤接入最后一个集线盒,然后把它关上固定住。他暗自笑了笑。楼上的约翰尼想必也收到了接线工作已经完成的信号,他的监视器上现在应该显示一切运转正常。

特里拧紧最后一颗螺丝,一束巨大的紫色外星能量蹿上他的螺丝刀,流过他的手和全身。这束能量高速传递,转眼间特里整个人就只剩下焦黑的碎片,散落一地,而螺丝刀才刚从螺丝钉上落下去。

当然,特里其实很幸运。他惨死得突然又很迅速,避免了此后数日有可能遇到的麻烦。

不过他自己可能不会这么想。

在顶楼的发布大厅里，约翰尼·贝茨正在把所有的电脑都连接到神谕酒店的主服务器上。神谕酒店俨然就是建筑群中闪亮的浮标，它坐落于西部商务开发区——通常被称为"金里"，就在M4高速公路出伦敦城段的左边。

但是，对于拥有这座酒店的人来说，约翰尼只不过是个穿着灰色连体服的小人物，干着修电线的活儿。

根据达拉·摩根放在公司网站上的个人档案：他二十六岁的时候在德里赚到了人生第一桶金，当时他建了个流行音乐廉价下载网站，下载Mp3格式音乐的品质比传统Mp3高四倍，下载速度要快六倍。音乐产业爱他，网站用户也爱他。

政府也爱他。他妈妈也爱他（嗯，大概是爱他的吧。他们最近没怎么说话，因为她被保存在一只银质的骨灰罐里，和他爸爸的并排放在壁炉架子上）。

整个商界也都爱他。四年后，摩根科技公司在新伦敦医药中心的后面落成，这给伦敦的布伦特福德到希思罗机场之间的各个地区，比如豪恩斯洛区、奥斯特利区带来了工作和发展机遇。而这片荒芜的地区他在买地之前听都没听说过。

凭借价值六千五百万英镑的个人投资组合，他和超级巨星也相差无几了。他同全球各路大鳄往来甚密，经常与特朗普、盖茨、罗斯柴尔德、盖提等等大家族一起觥筹交错，还有很多名字特别不好发音的大人物——其实他们的名字也不是特别不好发音,只是达拉·摩根觉得没必要记住而已。那些人对他来说并不是很重要。

眼下重要的事情是,赶紧把新酒店里的发布大厅布置好,方便他一会儿发布他们的新型掌上电脑。但那个穿着灰色连体服的小个子手脚还不够快。

"凯特[1]?"他打了个响指,一个衣着严整的红发女士优雅地走上前,她戴着细金属框眼镜,穿着恨天高的高跟鞋。

"在,摩根先生。"

摩根指指那个穿着灰色连体服的人。

"还有多久?"他一口柔和的北爱尔兰口音听起来挺时髦。

凯特琳点点头,然后走向那个工人。

达拉·摩根看着她走过去,一边暗自笑了。

无论哪方面他都很欣赏她,尤其是她的美貌。

他公司的人都是从德里[2]和北爱尔兰附近地区招来的。更重要的是,从小他们都和他一起长大,人人都从他们的父母兄弟口中听到过他们地区的往事:冲突、杀戮、荣誉、边界、行军、反诘、体罚和殴打[3]。

对于达拉·摩根来说,这些都是历史了,几乎是另一个年代

---

1. 凯特,凯特琳的昵称。
2. 北爱尔兰西北部城市。
3. 此处的往事应指发生在二十世纪六十年代后期至九十年代后期,持续了三十多年的北爱尔兰问题。

的故事。对于他这一代人而言，斯卓格斯公司[1]就和爱尔兰大饥荒、克伦威尔一样不必在意——都是古老的过去。达拉·摩根和摩根科技才是未来。各种意义上讲都是如此。

他摸了摸自己及肩的头发，然后掏出手机，又闻了闻手上的洗发水味道。

保持清洁非常重要。要好看，还要好闻。

他每次接触了其他人就忍不住要洗手。在学校的时候，大家都认为他这是强迫症，好像这事有多见不得人似的。

人人都携带病菌，他认为只要自己一不小心和陌生人握握手，就有可能感染疟疾。因此，时刻保持清洁是绝对必要的。

学校向来就不适合他。他都不太记得了，学校很小，所有人都专注课程，一心想着课程表还有运动练习。

他迫不及待地离开了学校，一考完试他就走了。没上中学六年级，没上大学，也没上专科学校。他直接去做生意了，直接进入IT业奔向未来世界，直接做了一个Mp3系统，专给那些只看《老大哥》和《英国偶像》[2]这类电视节目的类人猿设计的。当然，达拉需要这些类人猿，因为他们帮助他发挥出潜能——他们是他成功阶梯上的第一级。他是要通过商业统治全世界的。他对于统治现实世界毫无兴趣，煽动愚蠢的人们为了石油、领地以及

---

1. 全球知名猎头公司。
2. 这两个节目都是曾经在英国名噪一时的真人秀和选秀类电视节目。

宗教去发动战争，实在太不明智了。

但他可以统领科技，目送当今那些所谓的巨人离去，然后让自己畅通无阻地进入这颗星球上每个人的家庭和每一间办公室。

这就够了。

明天的新闻发布会，就是这个计划的第一步。

凯特琳回来了，她带来了消息——那个工人正在等候同事完成夹层服务区域改造工作的电话通知，之后他才能够完成最终的步骤。

达拉·摩根看了一眼——那个穿着连体工作服的人正在那里打电话。

"告诉我们的朋友，"达拉·摩根对凯特琳说，"他同事的电话打不通的，那个服务区没有手机信号，让他用终端机。如果光纤接好了，他就能接通同事的手机了。"

凯特琳点点头，替他去传话。

达拉·摩根看着那个穿灰衣服的工人将光纤接入他的电脑，然后通过电脑拨号。

一道紫光闪过，工人跪着的地方只剩下一堆灰烬。一股刺鼻的焦煳味道弥漫开来，达拉·摩根十分不悦地皱皱鼻子。烧焦的肌肉，融化的纤维，还有汗水味儿。

真讨厌。

"行了，"凯特琳说，"真是个好兆头，先生。"

达拉·摩根大声拍拍手,屋里所有人都对约翰尼·贝茨的死毫不在意,全部转头看着他。

"各位,看样子这座旅馆已经成功连线了,或者要我说,是上线了。[1]"

底下发出一阵礼貌的笑声。

"明天,我们就将接管整个世界。"

"喂!"

一个词/短语/喉音伴随着怒气和嘲讽的情绪,响亮地爆发出来。

无论如何,博士每次听到这种声音都会叹气。因为这怒气和嘲讽,特别是音量,主要是冲着他来的。

他叹了口气,转身面向多娜·诺伯尔——刚刚发话的女王。

然而多娜并不在。

只有塔迪斯停在两个装垃圾的大铁桶之间。要他自己说的话,真是停得干净利落。

哦。

啊。

对了。

---

1. 此处押中文的韵脚,故和原文意思有所不同。

"抱歉。"他对着塔迪斯的门说，然后走过去开了门，多娜就站在门口。

"我以为你已经出来了。"

"'我就在你后面'这句话里头，你没听懂哪个词？"多娜用一种"老娘可礼貌了"的语气问道，同时用她的招牌动作—摆头，表示她觉得博士真是太不礼貌了。"你没听见的究竟是'等着我'里头的哪个字？'我正在穿衣服'这句话哪一部分消失在太空里了？"

博士实在没办法应付这一连串问题，他只能耸耸肩说："我说了抱歉。"

"抱歉？"

"是的，'抱歉'。你还要我说什么？"

"你'抱歉'没听见我说话？还是'抱歉'把我锁在你的外星飞船里头了？或者是'抱歉'你压根儿没注意到我不见了？"多娜每一次都紧紧咬住"抱歉"，仿佛这个词在英文中和道歉八竿子打不着，而是隐含了一种全新的意义，其语义足够让语言学家们钻研十二个世纪。

"我认输，"博士说，"咱们能不能就此打住？"

多娜刚想张嘴反驳，博士上前伸出手指，压住她的嘴唇。

"嘘。"他说。

多娜也嘘了一声。

然后挤挤眼睛。

"我赢了!"

她冲着博士露出一个开心的灿烂笑容,每次她揶揄博士的时候就这样笑——而博士则叹了口气,承认自己再次被多娜抓住了破绽。

这是个游戏——是共患难的朋友之间玩过很多次,于是习惯成自然的游戏。

若要总结这两位冒险者共度的时光,最恰当的莫过于友爱、友情和有趣这三个词。

她挽住他的胳膊把他拉到身边。

"接下来是什么把戏,瘦子?"

博士朝着熙熙攘攘的奇斯威克大道方向甩甩头,把她拉到外头的街道上,准备混入人群。

然而路上并没有人群。事实上路上根本没什么人,只有几个孩子在路对面的人行道上玩滑板,还有一位老人在遛狗。

博士伸出另一只手,"没下雨。"他说。

"观察入微,夏洛克[1]。"多娜回应道,"星期天?"

"你说想要去2009年5月15号星期五,多娜。我就把塔迪斯设定在这一天了。"

---

1. 多娜揶揄博士像夏洛克·福尔摩斯探案一样。

多娜笑了，"也就是说，今天很可能是1972年8月的某个星期天。"

博士钻进一间报亭，冲着柜台后面的人笑了笑。主人正在听Mp3，压根儿没理会他这位潜在的顾客。

博士看到了身边的报纸，"2009年5月15号星期五。"他向多娜确认道。

"那么，人都到哪儿去了？"

"大概现在正是午饭时间，"博士猜测道，"或者，也许奇斯威克从上个月起就不再是闹市区了。我们走路去你家吗？"

"你要一起来吗？"

博士看起来像是从未打算不去一样。

"噢，我是打算去的。"

"博士，咱们为什么要到这里来着？"

"因为今天是你父亲去世一周年的纪念日。"

"没错，妈妈也许会很感谢你从桑塔人手中拯救了世界，但是我觉得，她可能不太愿意见到你，尤其是在今天。"

"你外公会愿意见我的。"

"是吗？好吧，今晚叫他到牧羊人小屋酒吧喝一杯好了，但是我要先单独见见他们。"多娜依然握着他的手，又轻轻捏了他一下，"你懂的，对不对？"

博士笑道："当然了。之前没考虑到这一点，抱歉。"

"别再说这个了,好不好?"多娜松开他的手,"我要买点儿花带回家。我们明天在这里碰头怎么样?"

"明天。这里。成交。"博士冲她挤挤眼睛,然后径直走了。"那边转角处有一家不错的花店!"他又回头大声喊,"去找洛蕾塔,就说是我让你去的!"

他转个弯消失了。

多娜深吸了口气,朝他所指的方向走去。

一年前。今天。

脂肪人、岩焦族[1]、把大脑捧在手里的渥德族[2],还有桑塔人、哈斯鱼人[3]、会说话的骷髅[4]……和今天下午她将要处理的事情相比,所有这些都算不了什么。

因为今天下午,多娜必须回家陪妈妈。陪她回忆去年的那桩悲剧,以及那之后的日日夜夜:葬礼,通知友人,开追悼会,登报发讣告,打理财产,寻找遗嘱……这些事对多娜妈妈来说困难重重。其实对多娜来说也不容易,说实话,要在一年前,她就只

---
1. 出现在《神秘博士》新版第四季第二集中的外星生物,靠吸收火山中的能量为食。
2. 出现在《神秘博士》新版第四季第三集中的外星生物。沃德族非常温和,他们有三个大脑,一个在体内,一个在体外捧在手中,还有一个是沃德母星上的主大脑。主大脑联系着所有沃德人的精神。
3. 出现在《神秘博士》新版第四季第六集中,一种带着呼吸器在陆地上生活的鱼形外星人。
4. 出现在《神秘博士》新版第四季第八、九集中,一种状如影子的外星微生物在吃掉人类的血肉之后,可以控制骷髅走动,并控制残余的神经系统发声。

会自怨自艾。多娜·诺伯尔，从来只管自己。但现在不会了——她只和博士共度了很短的一段时光，然而她已经成了一个截然不同的人。

她的外公，可怜的外公，尽管仍然沉浸在外婆过世的悲伤回忆中，却为了家人勇敢地担当起来，他主动联系了律师和葬礼主持，还帮忙分担了很多类似的琐事。

并不是说妈妈就很脆弱——希尔维亚·诺伯尔一点也不脆弱。他们对于爸爸的死都做好了心理准备，非常充足的准备，但这件事依然像鬼魂一样缠着她。多娜能从妈妈的眼神里看出来，那就像是被人斩断了手或脚，妈妈已经尽可能地坚强了。毕竟他们结婚已有三十八年。

多娜叹了口气，在一家名叫"洛蕾塔"的自动洗衣店外停下了脚步，"爸爸，我很想你。"她大声地脱口而出心里话。

这时，她的手机上跳出一条短信，上面写着：

嗯。我搞错了。
洛蕾塔可能不是花店。抱歉。

这是怎么回事？据多娜所知，博士根本没有手机。他是用音速起子发的短信吧？还有什么是音速起子做不到的吗？

多娜把手机装回兜里，她觉得自己还是赶紧去特南格连公园比较好，她记得那边有家花店。

男人，外星男人，全都是废物。

卢卡斯·卡恩斯讨厌现代科技，朋友们都觉得他很怪。卢卡斯的妈妈有一台电脑，但是他除了用它誊写学校论文的手稿以外，都尽可能避免使用。他有个Mp3，里面的歌都是弟弟（八岁）帮他存进去的。他甚至懒得去使用DVD播放器。

他是在十五岁那年决定要当个老古董的——当时那些懂技术的男孩被称为"死宅"，女孩子对他们避之不及。但不幸的是，卢卡斯认识的大多数女孩子仍想要找一个至少能帮她们下载音乐，或者是解锁从牧羊人丛林市场地摊上买来的手机的小子。

因此卢卡斯也没有女朋友。

此事令他更加厌恶现代科技。他承认自己需要新技术，但是他不想理解技术。他的脑回路不能理解Mp3压缩格式，也不能理解3G和GPS之类的定位系统。他只想按下开关键，然后等机器完成一切工作。妈妈那辈人经历的那些第一代第二代第三代科技产品，为的不就是这一天吗？那么他就可以只需按开关键，而不用担心产品在六个月后过时，再在一年后报废。电视上的人整天说，未来你只要弹一个响指，门就会自动打开；走进屋里说声"开灯"，电脑就会把灯全部打开，顺便还能调好亮度。

天哪，他简直跟他外婆那辈人一个样！照这样下去，他将来还会说他也理解不了流行音乐,《流行世界》封面上的那个人究竟是男还是女?

但卢卡斯确实是十五岁,不是五十岁。

然而现在他正站在一家电子产品折扣店里,观看着比硬纸板还薄的笔记本电脑新闻发布会,正在演示的是为笔记本电脑配置的最新型第四代处理器。这是为什么呢?

因为他那个八岁就热衷于技术的弟弟要他去。嗯,严格来说,是他妈妈要他去。卢卡斯和乔伊的爸爸相继去世了,因此当哥哥的就得承担起爸爸的责任。卢卡斯倒是很愿意扮演这个角色,因为他打心底很喜欢乔伊,但他是不会告诉弟弟的。还因为,当弟弟的也必须知道谁是老大,一旦卢卡斯暴露了弱点,那他的权威就没了。

父亲去世后,乔伊表现得很不好,在学校闹事,在街道上惹事,警察已经来找过妈妈两次了。

卢卡斯不得不将乔伊拉到一边,用八岁孩子能听懂的语言向他解释:爸爸去世不是妈妈的错,也不是乔伊的错。和大孩子们混在一起帮他们偷车,丝毫帮不了妈妈的忙。

几个月后,乔伊冷静下来了,但是却开始一直缠着卢卡斯,如果哥哥出门不带他,他就生气。就连卢卡斯去帕克维尔高中上学,也要顺路先把乔伊送到小学去。妈妈为此夸了他好久,所以这也算是一件好事。

但卢卡斯也不想一直照顾弟弟，有些时候，他就想自己一个人待着。

今天就是这种情况，但是他却和乔伊一起，和另外三十个人一起，看着新品发布会的直播。所有人都挤在这家顶多能容纳十个人的小店里，老天保佑，千万别突然起火。

一个块头很大（哪个方向看块头都很大）的女人挡在他们前头，于是卢卡斯把乔伊抱了起来，好让他看得更清楚些。也就是说，卢卡斯自己什么都看不见。于是，乔伊在认真看发布会（他到底多重了？），卢卡斯则在胡乱打量着商店。

一个身穿蓝西装的瘦高个正在使用店里作为样品的一台笔记本电脑，这台电脑用到今天晚上估计也就该更新换代了。而那个人正在网上查东西——卢卡斯看到屏幕上不断出现各种搜索引擎（唔……讨厌的科技术语）——边查边皱眉。很显然他没找到自己需要的东西。

那个人从口袋里掏出一支闪亮的小棍，看起来有点像马克笔。他把小棍指向屏幕。一开始，卢卡斯以为他要在电脑屏幕上写东西，然而那支小棍的末端却闪起蓝光，卢卡斯惊讶地看到屏幕上出现了下载界面，并且以不可思议的速度飞快变化着，那速度简直让人难以置信。蓝西装随即又从另一个口袋里掏出一副墨镜戴上，继续看着那不断变化的屏幕。他不可能读得那么快吧？

蓝西装注意到卢卡斯在看自己，于是有些害羞地冲他笑了笑。那支闪亮的笔熄灭之后，被他和墨镜一起放回了兜里。

卢卡斯意识到自己正张着嘴，于是赶紧闭上。

蓝西装冲卢卡斯挤了挤眼睛，准备离开小店，却转而走上前去，拿了一页乔伊他们正在看的发布会广告。然后他看了看人群，开始四处乱逛起来。

卢卡斯再次去看直播中的新闻发布会。

或者说是看向那个胖女人的头。

发布会上，一个金发女人已经絮絮叨叨了好几分钟，讲解该电脑系统如何具有革命性。蓝西装耸耸肩，小声说着"不可能""不会出现在这颗星球上""不符合《影子宣言》[1]的第十八条协议"之类的话，于是卢卡斯确信，不管那支发光的笔是什么东西，这个人肯定是疯子。也许他应该带着乔伊离开，万一那人是个持刀的暴力分子呢。

于是，卢卡斯凑到乔伊耳边小声劝他回家。可就在这时，那个蓝西装突然推了推他。

"所有人都在电子产品商店里了，对吗？"

"什么？"

"街上一个人都没有。我逛了一圈，发现所有人都聚集在这样的店里，看发布会。"

1.《神秘博士》中虚拟的外太空协议，用于制约宇宙各个组织干涉或企图介入其他星球的文明。

"今天是新品发布的日子,"卢卡斯不自觉地解释道,"大家都很感兴趣。"

"但你不怎么喜欢。"蓝西装说。

卢卡斯耸耸肩,"我弟弟喜欢。"

"嗯,我知道了。"

卢卡斯想要挪个位置,却被前头的胖女人和旁边另一个人堵住了。

蓝西装再次掏出那支闪亮的笔,"不要在意我。"他说。

但是卢卡斯真的很在意他。非常在意。

"你来这儿干什么?"他问道。

蓝西装耸耸肩,"好吧,首先,我是来送一位朋友回家的。其次,我想知道为什么大家都到这儿来了。第四,我现在非常在意那台笔记本所应用的技术。"

"第三是什么?"卢卡斯知道自己铁定要后悔问了这句话。

"第三?"蓝西装似乎很困惑,然后又像突然想起什么似的笑了起来。

"哦,对,第三,我是来找你的,卢卡斯·塞缪尔·卡恩斯。"他伸出一只手,"我是博士,我是来救你的命的。"

达拉·摩根慢慢啜了一口咖啡,一方面是为了显示他举止良好,另一方面是因为咖啡真的很烫。但是在村上先生和他的代表团看来，这一定是举止良好。

"摩根先生，"那位日本银行家说，"我们就此说定了？"

达拉·摩根看了一眼站在办公室门口的凯特琳，蓝眼睛恶作剧般地眨了眨，"你觉得怎么样，凯特？"

凯特琳走了过来，她的大长腿和迷你裙显然吸引了村上先生的随行人员，但达拉·摩根注意到，村上先生本人却不为所动。

很好。

"我觉得这是笔好交易，先生。"凯特琳发出性感的鼻音，"如果村上先生能在星期天之前将M-TEK带到东方的国度，那就……最好不过。"

达拉·摩根将头发从眼前拨开，"也就是两天后，东京时间下午3点半。能做到吗？"

村上皱起眉头，"为什么是星期天？时间短得过头了。"

达拉·摩根笑起来，"这么说吧，这是整个交易的关键所在。必须是在星期天之前，村上先生，不然我就去找别人。"

"那样的话，你根本找不到人跟你谈。"日本人回答。

达拉·摩根点点头，"这个我知道。但是你也要知道，M-TEK能带来巨大收益，比贵公司小一点、更急于发展的公司肯定会愿意满足我……满足摩根科技的要求。"他又啜了一口咖啡，"这条要写进合同里，并加上惩罚条款。"

"什么惩罚？"

"毁灭性的惩罚，对于全日本来说。"

村上先生的人互相靠拢了些，"这是威胁吗，摩根先生？"他轻声问。

"不，"达拉·摩根说，"我从来不威胁。野蛮人才威胁。傻子才威胁。我只陈述事实。"

"这是个大好机会，"凯特琳插嘴道，"在晚餐时，请务必再考虑一下。今晚，我们请客。"

"很可惜，我们无法和各位一同用餐，"达拉·摩根补充道，"但是你们可以在伦敦任意一家中意的餐厅享受美食，全部都记在摩根科技的账上。请不要推辞。"

"全部？"

"是的，所有的食物和饮料。"

"嗯，那么我在午夜前给您答复。"村上先生站起身来，达拉·摩根也站起来，村上轻轻鞠了一躬，达拉也向他鞠躬。然后村上以同样的礼节向凯特琳致意。凯特琳则向村上和他的随行人员点头道别。

礼仪结束后，日本代表团向门口走去，但是村上先生再次回头，"说真的，为什么是星期天？为什么必须是下午三点半？"

"因为英国时间星期一下午三点，也就是东京时间晚上十一点，地球上将发生一桩大事。我们都需要先敲定这笔交易，我还要和别人进行交易。这就好像购置房屋的一连串流程：一个环节出错，整个交易就作废了。那时我们都得自认倒霉。"

"我们？"

"所有人。"达拉·摩根瞄了凯特琳一眼，她立即上前送村上先生离开。

过了片刻，日本人都走了。凯特琳回到达拉·摩根身边。他正站在巨大的窗边，俯瞰着西伦敦全景。他能看到新温布利体育场、中心酒店、伦敦眼和其他高层建筑。

"星期一下午，"他微笑着说，"这颗星球就是德尔斐女士的了。"

凯特琳点点头，"她终于能报仇雪恨了。"

他们紧紧握住对方的手，一起看着电脑屏幕，屏幕似乎发出某种轻微的嗡嗡声，其中某块屏幕的波形不时产生微微的波动。

"欢迎回来。"他们两人一起说。

多娜站在溪涧路的尽头，深吸一口气。不久前她还站在这里（对她妈妈来说，大概更是没过去多久），她每次"回家"都会有些尴尬，话题常常围绕着"你去了哪儿？""你还在跟那个糟糕的博士到处跑？""你为什么不打电话？""你找到工作了吗？"等等进行。

当然，外公威尔弗知道她在哪儿，多娜会把离开后的每一件事情都巨细靡遗地告诉他。但是她的妈妈，怎么说呢，她不是那种很容易理解的人。她不会觉得拯救渥德族、阻止世世代代的战争、确保查理曼大帝谒见教皇等等算是"工作",不觉得这一切能和打字、下文具订单等工作相提并论。

多娜深吸一口气,向自家房子走去。离开了这么长时间,那里似乎已经不再是她的家了。

自从她灾难性的婚礼和灾难性稍稍次之的埃及之旅后,她的父母就从她小时候住的那座有露台的房子里搬出去,住进了现在这座半独立的房子里。那算是一次大变故,当时多娜失业在家,而威尔弗远离了天文学的同好圈子,心情很是糟糕。但后来事实证明,新家离他们社区菜园更近,于是他便没什么不满意的了。

多娜的爸爸一直身体不好,搬家更多是他的主意,他想去一个新的地方,给生活带来一些挑战。他厌倦了旧房子。他给新家做了柜子,给所有的墙壁安装了置物架,甚至刷了天花板。由于生病的缘故,他很早便退休了,他需要做些事情让自己保持活力。把新家装修得达到妈妈苛刻的标准,是个非常不错的挑战。

可他们只在新家住了三个月,爸爸就去世了。

多娜和威尔弗接手了爸爸留下的棘手大工程,但是他们做得很不好,他们一直都没能"像你爸爸那样"干活。这倒也不奇怪——威尔弗比她爸爸年长二十多岁,而多娜在此之前从未碰过刷子和锤子。

天哪,在第二次遇到博士之前,多娜·诺伯尔真是浅薄。她那时还没有学会独立,甚至没有意识到自己可以独立。而她的家庭生活完全处于鸡生蛋、蛋生鸡的悖论当中——她也不知道自己究竟是因为父母保护过度而变得如此没出息,还是因为她真的非常没出息,她母亲才如此待她。

和希尔维亚·诺伯尔谈论这个话题,或者其他任何话题,绝不是什么愉快的经历。多娜很想说,妈妈之所以痛苦和忿恨,是因为爸爸去世的缘故,然而事实却是,希尔维亚的尖酸刻薄都是出于对女儿的失望。她对此从不掩饰。多娜也从不明白。难道她想要个儿子?还是说她想要个满世界飞的律师或CEO女儿,挣一大堆钱,然后送父母住在十六世纪风格的乡下农舍里养山羊?她爸爸去世后,这种情况是不是变严重了?如果她和兰斯结了婚,情况会不会好转?她该不该把那天的真实情况告诉妈妈,就像她跟外公和盘托出的那样?但最好不要,因为希尔维亚不喜欢跟别人推心置腹。"那些滴血的心啊,还被自己的主人挂在袖子上示众。[1]"——希尔维亚曾经打过这么个比方,这句话基本上总结了她对喜欢坦露心声的人的看法。

多娜记得曾经在杂志里读到过一篇文章,说父母永远不可能真正理解青春期的孩子,他们唯一能做的就是忍受那噩梦般的三四年。但是,世界上有没有一本书是教子女如何应付糟糕父母

---

[1] 由莎士比亚的名句改编而来,出自《奥赛罗》。

的呢？跟妈妈吵架基本上是不可能的——她们会造就一种"负罪感"，来阻止你说出想对她们说的话，而她们自己却能对你横加指责。

多娜爱妈妈，这是毫无疑问的。她相信妈妈也爱女儿。

她只不过不确定，多娜和希尔维亚是否喜欢对方。

"你好，多娜。"马路对面的巴尔德雷太太跟她打招呼，"旅行愉快吗？"

"还行，谢谢。"多娜朝她微笑，"西摩还好吗？"

"挺好的，除了还是在抱怨他的前列腺。"巴尔德雷太太叹了口气。

多娜觉得客套话说到这个程度也差不多了，于是加快脚步往自己家走去。

路灯旁边卧着一只猫，它警惕地看着多娜走过来，心里盘算着她究竟是敌是友。多娜"喵"地叫了一声，想引起它的注意。

猫跑了。

好吧。

妈妈的车就停在外面马路上（你有停车道啊，妈妈，把车开到那里吧），多娜经过的时候摸了摸引擎盖。

冷的。妈妈今天没出去。自从跟博士一起旅行之后，她学会了观察这种细枝末节的事情来搞清楚状况。比如说一辆车有没有被开出去过。过去那个多娜从来不会注意这种事，过去的多娜根本不关心。

过去那个多娜已经不在了。

谢天谢地——她现在的生活要好上一千万倍。

不过妈妈也能包括在其中该多好。那是美好生活的最后一块拼图，象征着她们最终的彼此接纳。

"你回来了啊，小姐，"一个熟悉的声音在身后响起，"我还在想今天能不能见到你呢。"

多娜根本懒得转身。"你好，妈妈。"她说。

"嗯，没错'你好，妈妈'——这样就够了，是吧？一会儿周围全是呛死人的臭味[1]，一会儿天上都着火了[2]，结果你就这样敷衍我。我都不知道我的独生女儿究竟在哪儿。不打电话，不发短信，甚至都不跟你外公说一声，他转告我也能让我放心啊。结果什么都没有！"

多娜在大马路上停下脚步，转身面对妈妈，主动帮她分担了两个购物袋。

过去那个多娜才不会帮忙拿购物袋呢。

"我也很高兴见到你。"多娜说，"外公在烧水了吗？我可以帮忙泡茶，还有好多事情要告诉你。"

希尔维亚·诺伯尔耸耸肩，腾腾几步走到女儿前头，"你知

---

1. 出自《神秘博士》新版第四季第四集《桑塔人的阴谋》。
2. 出自《神秘博士》新版第四季第五集《毒气天空》。

道今天是什么日子,对吧?"她回头问道。

多娜站住不动了。

她当然知道今天是什么日子。不然她为什么要到这儿来?妈妈怎么敢问她这种话?

房门打开,希尔维亚一言不发地从威尔弗外公身边挤过去,直接进了厨房。

"你知道她刚才问了我什么吗?"多娜亲了亲外公的脸,小声说。

威尔弗看看天,"今天又是个难挨的日子,不是吗?"

多娜想要说点什么,但终究还是闭嘴了。

过去的多娜此时此刻早已爆发,过去的多娜已经和妈妈吵了起来,并扔出像"什么态度""随你的便""自私"之类的话。

新的多娜不会。

因为新的多娜尽管心里很沮丧,却明白希尔维亚今天需要的也许只是好好地大哭一场。

而希尔维亚不是个"把心挂在袖子上"的坦率人,也就是说,她肯定不会主动哭的。

因此,新的多娜今天的工作就是让她哭出来,免得憋久了对她造成更大的伤害。

博士沿着奇斯威克大道边走边看各家商店里观看新款笔记本

电脑发布会的人们,很多人都在围观。"只是一台电脑罢了,"他小声说,"为什么大家都在看?"

"它们已经过时了,"一个稚嫩的声音在他身后说,"M-TEK才是未来。"

博士回过头,然后眼睛往下看。说话的人只及他膝盖高,是个小男孩。博士之前似乎见过他——接着有人跑过来,是卢卡斯·卡恩斯。这时候博士才意识到,他就是之前被卢卡斯抱着的小孩。

"乔伊!"卢卡斯大声地喊道,"你怎么这么快就扔下我跑走了?"

"我又不是你的犯人!"乔伊喊回去。博士看了上气不接下气的卢卡斯一眼,用眼神示意:"他说的没错,小朋友。"

卢卡斯把乔伊从博士面前拉开。"离他远点,"卢卡斯凶巴巴地说,"你敢动他,我就叫警察。"为了加强效果,卢卡斯掏出了手机,做打电话状。

其实是乔伊先找博士说话的,而卢卡斯之所以生气,是因为刚才在店里博士说了奇怪的话,不过这两点博士都没有指出来。

他想起来,并不是人人都喜欢预知自己的未来。在这个问题上,他经常犯错。

你在剧透——有人曾经这么说过。

"你说你来救我的命,这是什么意思?"

博士耸耸肩,"已经完成了。"

"完成什么了?"

"已经救了你的命了。"

"啥?什么时候?怎么回事?"

博士把通灵纸片从外套内侧口袋里掏出来给卢卡斯看。上面写着今天的日期和商店的名字,还有一段话:

救救卢卡斯·塞缪尔·卡恩斯
阻止他的弟弟购买M-TEK

"不知道是谁写的,"博士说,"我之前从没见过这种字迹,不过在我到达奇斯威克之后,不到二十分钟就收到了这条消息。由于不能无视这种消息,所以我就去救了你一命。现在我的任务完成了,接下来还要去确定一下,洛蕾塔的店究竟是干洗店还是花店,或者是咖啡店。2009年前后她应该就是在开这些店,但我不确定究竟是哪个。"

"是干洗店。"乔伊说。

卢卡斯把乔伊拉到自己身后,"别跟这个人说话。"他对弟弟很严厉。

"但是你一直在跟他说话!"乔伊表示抗议,而且抗议得很有道理。

"这不一样。"卢卡斯很自豪地想起,每当他觉得事情有点假,或是有点不公平,他妈妈也是这么对他说的。

博士转过身来,"很高兴见到你们二位,不过现在,我还是去布伦特福德找家不错的餐厅坐坐吧,就在运河边。我可以坐一会儿,再去跟我的朋友见面。"

"如果……"卢卡斯简直想踢自己一脚。就让这个怪人走吧——他对自己说。但是他的嘴却忍不住问:"如果乔伊买了M-TEK会怎么样?"

博士看了看他,"还不知道。我压根儿不知道M-TEK是什么。我猜它应该是你们打算要买的那台笔记本电脑,所以我就搜索了一番,不过没有找到任何相关消息。然后我就看到你在看样品机,每个人都在看,所以我猜那个就是M-TEK吧。"

"不是,"乔伊挤到前面来,"那个是新款的浦西莱恩笔记本Plus。很垃圾。我想要一台M-TEK。"

"可是我不打算买给你,"卢卡斯补充说,"也不打算给自己买。"

"话说回来,M-TEK究竟是什么?"博士皱起眉头。

卢卡斯叹了口气,"你自己都不知道M-TEK是什么,又怎么能救我一命?"

"要是在救人前必须知道每件事,那我就没法救人了。我不可能花一整天时间研究到底要从什么东西手中救人,不是吗?"

卢卡斯和乔伊彼此对看了一眼。

"你真有意思。"乔伊说。

"谢谢。"博士回答。

卢卡斯摇摇头,"回家吧,"他对乔伊说,"走了。"他上前拽住弟弟。

"再见,博士。"乔伊回头说。

博士朝着两个男孩挥手,目送他们消失在街的那头,然后打算朝奇斯威克的另一边走,再穿过M4立交桥,去往布伦特福德,那边的广场上有一家名为"满月"的意大利餐厅。他已经有好几年没吃过一顿像样的意大利美食了——很有可能是好几个世纪。通灵纸片上这样显示着:自1492年以来。

这可太奇怪了,通灵纸片并不是这样用的。至少过去从没有过。这些天来,有人通过它不停地给博士发送消息,这真是太糟糕了,何况现在它又开始主动回答博士,大概目前还是不要理会它的好。

于是,他把通灵纸片塞进皮夹,再揣回外套的内侧口袋,准备把这一切抛诸脑后。

但是很快,一个疑惑又不厌其烦地在他的脑海里回响,是卢卡斯·萨缪尔·卡恩斯那句合理的提问:M-TEK究竟是什么,以及,他究竟如何拯救了卢卡斯?

关于后一个问题的答案很明显。

他并没有拯救谁。

卢卡斯依然身处险境（如果通灵纸片上的消息可信的话），而博士必须拯救他。

啊，还有另外一个问题——

卢卡斯的弟弟乔伊为什么知道他叫"博士"呢？

是去满月餐厅？还是主动去找麻烦？

其实根本没什么好选的，不是吗？食物固然很美味，但神秘事件却激动人心。

不知道现在多娜怎样了，也许应该去跟她说一声，最近几天他可能会很忙。

不，她还是专心处理家庭事务好了。

于是博士转过身，沿着马路朝那两兄弟追去。

在神谕酒店顶层的套间里，达拉·摩根和凯特琳正盯着平板显示器上的数据库，显示器通过光纤和电脑相连，而安装这些光纤的特里·洛克沃斯和约翰尼·贝茨已经全然消失了。

大部分屏幕上呈现出正弦波的图像，它们很有规律地跳动着，仿佛电脑正在呼吸。其实它差不多就是在呼吸。

在位于中心位置的最大一块屏幕上，显示着一幅照片。之前，他们的电脑自动黑进了闭路监控系统，并按电脑设定的参数将分辨率提到最高，然后获得了这张照片。

"德尔斐女士，"达拉·摩根问，"这是什么？"

他的手指摸着照片的轮廓。那是个高高的蓝色盒子，立在奇斯威克小巷的两个垃圾桶之间。

"是塔迪斯。"一个有力的女声在房间里回荡，其他屏幕上的正弦波随着这个声音跳动变化着。

"他来了。"凯特琳说，"已经来了。"

达拉·摩根热切地点着头，"根据预言，正是五百年。混沌之使者。"

"五百一十七年一个月零四天。"德尔斐女士纠正他道，"五百年前，我们没考虑到宇宙变动的问题。这很……不幸。"

凯特琳对电脑说："德尔斐女士，我们还做过其他尝试……"

"由于宇宙的变动，由于宇宙的呼吸深浅不一，因此队列也从来不完美。"

"不过到了星期一，一切都会完美无瑕，"达拉·摩根拍了拍德尔斐女士的显示器表面，"而您也将报仇雪恨。"

"对博士、人类以及整个宇宙的复仇。"凯特琳激动地说。

"当然，"德尔斐女士的正弦波跳动了一下，"毫无疑问。复仇的滋味美妙极了，亲爱的。尤其是报复那个博士。"

现在是英国时间下午五点，而纽约正阳光灿烂，正午的阳光[1]在城里投下大片阴影，整座城市仿佛被一块湿乎乎的毯子盖住了。

对于位于第五十二街和第七大道[2]街区的摩根科技大厦办公室的人来说，这可不是个好消息。几个小时前，办公室空调停了，自动饮水器也不往凉水桶里注水了。而造成这一切的主要原因是，大厦的电力供应中断了。首先是大门不听使唤，接着是电话打不通、**IT**设备断线、空调停工等等。

前台的梅丽莎·卡尔森花了好几分钟时间才意识到，所有东西都出故障了。她想给维修人员打电话，然而所有能够联系上维修人员的途径也都出了故障，她根本找不到维修人员来维修任何东西。梅丽莎觉得很烦，于是她果断违反了公司纪律，径自离开前台去找人。

她并没有看到里面站满几乎脱水了的乘客的电梯卡在楼层间，也没有看到从内侧反锁的电子门，她只看到接线盒旁边的地板上有一堆灰。感觉好像是维修人员在接线，结果把整个系统弄短路了。梅丽莎万万没想到，被自己的杜嘉班纳牌高跟鞋抹掉的那堆灰，其实就是早晨跟她打过招呼的米罗（怎么可能想得到呢？）。不过她确实很奇怪，米罗和其他维修工去哪儿了。

她很沮丧地踩着高跟鞋准备走回自己的位置，一边顺手把打

---

1. 伦敦和纽约相差五个时区，伦敦下午五点时，纽约正值正午十二点钟。
2. 位于纽约中心的曼哈顿区，南北向的道路叫"大道"，东西向的道路叫"街"。

开的接线盒关上了。

新安装的光纤似乎瞬间活了起来,向网络中发出紫色光脉冲。大楼里的人本来都在抱怨电梯堵塞、空调罢工、电脑死机,然而就在十秒钟的时间内,所有的电脑突然重启。于是,所有办公室的工作人员,全都不自觉地将手放到了键盘上。

一道巨大的紫色弧光从大楼里划过,击中了楼里的每一个人,不管他们有没有在使用电脑。

所有人,所有蟑螂,甚至包括地下室里所有的蛾子,都没能逃过这道紫色弧光。

在梅丽莎·卡尔森关掉接线盒的四十二秒钟之后,一百七十个人,十八只老鼠,两百个其他各种不同大小、形状各异的多足类动物,还有房顶上的三只鸽子,全部都死了。

"我们遇到了一点小麻烦,各位。"德尔斐女士向达拉·摩根和凯特琳发出脉冲的声音,"位于曼哈顿的摩根科技大厦掉线了。终端停止了工作。"一阵犹如电子笑声的噪音传来,正弦波剧烈跳动。

达拉·摩根皱皱眉,敲了敲德尔斐女士显示器阵列中的某块显示器和键盘。

"我没有故障。"电脑说。

"我知道,"达拉·摩根很快回答道,"你从不出故障,我只是在查找问题是什么。"

"人为错误。"德尔斐女士说,"不然还能是什么?我说,我们大家还是有话直说吧,你的同胞总是最薄弱的环节。"

"我们需要纽约。"凯特琳说。

"我们不再掌控纽约了。"电脑说。

"你能停止那边的脉冲吗?"

"不能,"德尔斐女士不太高兴地打断道,"太晚了。说实话吧,乖孩子们,你们是在浪费时间。我看看能不能把数据源转移到其他备份服务器上,然后重新启动。"

这么多年来,达拉·摩根头一次发了火。

"你不懂吗?我们没时间重启了!我们必须保证在曼哈顿时间星期一上午十点让全纽约的M-TEK上线!"

"我记得歌词里说纽约是一座不夜城。"电脑说。

"对,也许纽约人都不睡觉。但是他们基本上都在星期五下午五点下班,而他们周末不上班。"

"哎,我的好孩子,要有信心。几百万年来,我在宇宙各处流浪,对这种事已经见惯不惊了。我们不过是要在今天下午搞个并购。由摩根科技去全面接管一家小公司,地点是……我看看……啊,这里,这家公司。"

德尔斐女士的大屏幕上出现了一栋小办公楼(纽约尺度上的"小"),到处都是镀铬玻璃和忙个不停的人。

"现在……我进入了他们的系统。啊,好,很多人。他们是做硬件维护维修的。这家公司的所有人是意大利黑手党和华裔三合会,而最初成立的资金来自爱尔兰共和军的洗钱活动。但是这几股势力互相不认识。出了事儿他们谁都不会站出来,也绝不敢声张,所以我们很容易控制局面。"

画面拉到远景。

"列克星顿大道和第三街的路口,是个好地方,"电脑继续说道,"我在那里邂逅过一家赛博咖啡馆。可惜它再没给我回过电话。"

一排又一排的数字从屏幕上划过,速度快得达拉·摩根根本看不清,然后,正弦波画面再次出现,当德尔斐女士朝他们低语的时候,波形又轻轻抖动起来。

"基特尔软件公司,现在是摩根科技的子公司了。我同意让哈维·格拉继续当CEO,还给了他一部分股权和在董事会的投票权,希望你们不要介意。"

凯特琳皱了皱眉,"这真的没问题吗?"

"在一小时十八分钟后,格拉先生就会进入升降机……抱歉,电梯……去一楼。一小时二十一分钟后,升降机会卡在十八层和十九层之间。他会按下警报按钮——那将是他所做的最后一件事。几个小时后,会有人发现尸体,并认定死因是突发性心脏病。我已经改写了他的遗嘱,确保在他死后,他的爱尔兰第三代远房表亲[1]——摩根科技的达拉·摩根会继承全部财产。"

"我不是他远房表亲……"

"FBI的文件显示你就是。"德尔斐女士的屏幕稍微暗了一下，正弦波跳动时似乎带上了一点红色，"你总是低估我的能力，达拉·摩根，我已经不耐烦了。"

"抱歉。"

"好。现在，摩根科技的这家子公司可以执行星期一让M-TEK上线的任务了。他们有规范书，有客户基础，也了解操作细节，总之全都有。我们只要雇几个小人物，在周末的时候接线安装光纤就好。还有……这个，我已经联系好了承包商，签了字。轻而易举。"

凯特琳看了看达拉·摩根，"是的，德尔斐女士。的确轻而易举。"

"欢呼吧，孩子们。如果你们没其他问题，我要去下载这周的《加冕街》[2]合集了，可爱的大卫·普拉特又要做什么呢？"

希尔维亚把买来的东西在厨房里放好。

每样东西都井井有条，一向如此。但是她却把抽屉和柜子甩

---
1. 第三代表亲指曾祖的父辈之间是血亲。
2. 英国播放时间最长的超级电视肥皂剧，讲述一个虚构小镇上劳工阶级的日常生活，自1960年开播起已播放超过五千集，定期收看的观众数量约占英国总人口的三分之一。

得稍微有点响。

"我干了什么错事吗?"多娜小声问外公。她坐在起居室里那把面向电视的扶手椅子上。之前,她爸爸常常坐在这把椅子上,哈哈大笑地看《X音素》[1],还会重温《老爸上战场》[2],还有那个节目……好吧,总之就是所有他喜欢的节目。

多娜突然很想挪到沙发上和外公坐在一起,但是外公先一步起身坐到了她身旁。

"我不知道你在说什么,亲爱的。"外公并没看她的眼睛。

"好吧,妈妈正在把宜家的好东西当鼓敲,还演奏了一段奥兹·奥斯朋[3]的鼓独奏,她是不是突然爱上摇滚乐了?"

"啊,你妈妈……她就是那样。你知道的……"

"不,外公,我不知道。"多娜叹了口气,看向休闲小桌上的本地报纸。头版消息是关于帕克维尔的Q-玛特和好又值各自开了一家超市对着干。

激动人心啊。

"我回家了。奇斯威克。伦敦W3区。地球。昨天我还在另一颗行星上,制止机器人发动内战。上周我们在加拉星域[4]的集

---

1. 英国最大的选秀歌唱比赛,由"选秀节目之父"西蒙·考威尔打造。
2. 1968年开始播放的二战题材喜剧。
3. 原名约翰·麦克尔·奥斯朋,出生于1948年,是英国著名的唱作型歌手。他的音乐流行于上世纪七十年代,是重金属摇滚乐的开创者之一。
4. 《神秘博士》中虚构的一个星系。也是人类最早的太空商业中心。二十六世纪左右,加拉星域中心有一座集市,供几十个不同的外星种族共同使用。

市里骑六条腿的马！"她突然抓住威尔弗的手，"它们有六条腿，六条！我是说我们跑得飞快。真是棒极了。我喜欢马。那个火星小子一直在尖叫'开关在哪儿？'，因为他觉得马也是有开关的。"

"他不是火星人，对吧？我记得他说——"

"是的，外公，他不是火星人。我只是开玩笑。开玩笑，记得吗？那时候你会哈哈大笑。过去我们常常开玩笑，就算在这座房子里也开过那么一两次。"

多娜看着外公那饱经风霜的脸。他怎么突然就这么老了呢？也是爸爸去世带来的影响吗？他的身上究竟发生了什么？他曾经带多娜乘着他的老阿斯顿[1]兜风，还带她去见他在伞兵部队的战友。为什么这个人突然就变成一个满头白发的老人了呢？

又是从什么时候开始，她想回家的想法变得如此追切？这就是和博士在一起的负面影响吗——日常生活变得十分陌生。

"亲爱的，有些事我要告诉你，"外公说，"我觉得你听了会高兴的。我希望你能高兴。"

终于有好消息了。多娜笑了起来，"那就说吧。快点。"

外公刚要开口，希尔维亚却突然出现在了起居室，并坐到了外公旁边的沙发上。

---

1. 英国的跑车品牌阿斯顿马丁，《007》系列电影主角詹姆斯·邦德的御用坐驾。

"你究竟去哪儿了,多娜·诺伯尔?"

多娜正要回答,却被外公抢了先,"她去迪拜骑马了。"

"迪拜?你怎么有钱去迪拜?"希尔维亚叹气道,"啊,我真傻。是博士带你去的吗?"

多娜点点头,"对,都是他付钱。我险些就跟一位特别有钱的石油酋长结了婚,还差点就住进了他的后宫。不过你知道吗?我觉得还是今天回家更加重要。我想和你们在一起。"

"嗯,那你倒是很贴心,真的。"希尔维亚说,"我说,如果和有钱又有名的OPEC[1]大亨约会没把你累着的话,你能不能先帮我们泡杯茶?"

"当然。"多娜赶紧站起来,但却没能阻止希尔维亚语中带刺地又嘲讽了她一句:"你还记得茶包和茶壶放在哪儿吗?"

唉,就是这样了。得把话说清楚。

"我做什么了,妈妈?说真的,到底是什么问题?你之前一直告诉我要出去走走,做点事情,找份工作,自己生活。我照办了,但还是不够好,不是么?"她重新坐下,"反正我怎么做都不对,是不是?爸爸也和你一样对我这么失望吗?"

"不准这样说你爸爸!"希尔维亚大吼,声音大得吓人。

"好了好了……"威尔弗刚开口,希尔维亚就狠狠地嘘了他

---

1. "石油输出国组织"的简称。

一声。

"不行,这位自视甚高的小姐应该知道我们家的情况!"希尔维亚俯身向前,手指头戳着空气,"你外公和我都担心得不得了,你知道吗?你什么都不说就跑了,只是偶尔在你方便时回来看一眼,然后又离开。我不知道你是死是活。每次电话响,我都不知道究竟是你打电话来说你人在廷巴克图[1],还是警察找上门来说你淹死在了泰晤士河里。每次有你的信,我就把它放在壁炉架子上,希望这预示着你快要回家了。但是几个星期后,我就只能把信塞到你床上——因为这并不灵验,你还是没回来。自从你认识了博士那个家伙,你就变成了另一个人。"

多娜看着妈妈,惊讶得说不出话来。这都是哪儿跟哪儿?"你为什么会觉得我死了?简直没道理。"

"不是没道理,也不是疯了,只是我的傻念头而已。一天收不到你的消息,我就担心得更多一些。也许等你当了妈妈,有了一个又笨又自私又欠考虑的孩子,那时候你就懂了。"

希尔维亚气得浑身发颤。

多娜有些害怕。虽然不知道是怎么回事,虽然她不是故意的,但是她真的把自己的妈妈弄哭了。哭的原因完全不对!但好像也没什么对的原因……你不应该把妈妈弄哭啊……

---

1. 位于西非尼日尔河北岸,撒哈拉沙漠附近。

"我不会死的,妈妈!不会有警察上门来告诉你我死了。"

"为什么不会?!"希尔维亚尖叫道,那不是生气的语气,但泪水却从她脸上滑落——不,泪水几乎就像湿乎乎的旅鼠一样,争先恐后地从她脸上跳下来,"为什么不会?你爸爸死的时候不就是这样吗?!"

撕心裂肺的沉默袭来。

多娜走到屋子另一头,抱住痛苦不已的妈妈,她用力拥抱着她,不停地道歉安慰着,告诉她一切都很好,她的女儿回来了。

但是,一个念头突然闪过——明天,她又要走了,和博士一起。因为,那才是她所期待的生活。

可她真的有走掉的权利吗?如果给妈妈造成了这样的恐惧,那么多娜真的应该离开吗?

一直以来,她都和希尔维亚吵个不停,整天彼此咆哮,争论不休。多娜十几岁的时候(老实说,二十多岁的时候也一样被溺爱迁就着)就喜欢把事情归结于:"我妈就这样了。"

但是多娜已经不再是小孩了,现在她明白,孤独了一整年的妈妈非常需要女儿的陪伴。

多娜也哭了。

妈妈的痛苦,爸爸的过世。她想起了那一天的敲门声,警察当时就站在门口。

"他应该在我的怀里去世,有家人陪伴,"希尔维亚说道,

"而不应该独自死在该死的加油站里。"

就在这时,在这个既"精准"又"不凑巧"的时刻,门铃响了起来。

威尔弗二话没说起身去开门,多娜听见他说:"啊,现在可不是时候。"就算没听到门外的人回答,多娜也知道是谁来了。

希尔维亚显然也知道。

她红着眼,泪汪汪地看了看女儿。

然后,自多娜记事以来,希尔维亚·诺伯尔第一次温柔且充满母爱地摸了摸她的脸。"我去烧水,"然后她高声说,"请进,博士。"

过了一会儿,博士的脸从起居室门口探进来,他戴着一副显得很有学问的眼镜,头发比平时还要乱。

"大家好。"他对所有人说,"你们知不知道卡恩斯一家?我觉得他们家好像有外星人。"

摩斯卡迪利[1]的旅游业主要围绕着橄榄园、柑橘园、葡萄园和一年一度的摩托车赛。车赛的起点在十三英里外的佛罗伦萨,终点在山这边这座小小的旅游胜地。

摩斯卡迪利的居民基本都是意大利人,而且大多在此居住了

---

1. 意大利地名。

三十几代。

人们都互相认识，大家都很友好、好客，也很乐观。

这时正是五月中旬，天气十分宜人。珍妮·格林觉得这种天气能激发出本地人最好的一面，而一整天都在光着膀子挖地的托尼奥则是这最好一面的代表。托尼奥就只穿着一条毛边的紧身牛仔短裤，浑身上下几乎一览无余（珍妮不禁想入非非）。一星期之前，珍妮的教授雇了托尼奥全家帮他挖地。

珍妮和她的两个同学，肖恩和本，前来陪同教授在这个夏天做事，这样的话，在课程结束后他们就能得高分了，何况他们同时还能游览意大利的旖旎风光，并让一整个夏天的阳光为自己的肌肤涂上一层健康色。

"买到了！"肖恩高兴地大喊。

"多少钱？"本正在不远处筛选一堆泥土，几英尺外电脑就放在帐篷旁边。

"七十八欧元。"

"那就是六十几英镑。不错。"本点点头，"干得好。"

"我真是爱死eBay[1]了！"肖恩冲着珍妮笑笑，"耶！"

"是那个古埃及陶罐？"

肖恩看着她，慢慢摇了摇头。

---

1. 创立于1995年的线上购物及拍卖网站。

"也不是铁器时代的铲子?"

肖恩继续摇头。

珍妮扔下工具走过去,越过电脑屏幕,想看肖恩究竟买到了什么价值六十英镑的东西。

"是那个?"

"就是那个。"

"是个玩具。"

"当然是玩具。"本高声说。与此同时,托尼奥往他的筛子里倒了更多的土。"不然肖恩还能从eBay上买什么?"

珍妮完全无法理解,"你是说,你花了那么多钱,花了整整七天坐立不安地等拍卖,结果就买了个批量生产的玩具?"

"玩具人偶,"肖恩纠正道,"限量版,只生产五百个,而且是八年前生产的。它的涂装颜色与众不同,你看,她穿着黑暗时代[1]的红色衣服,跟传统绿色的完全不同。"

珍妮看着他,"你是成年人了,你是个大人了!还拿着塑料小人瞎兴奋?那都是小孩儿玩的,是……"

"别说'娃娃'。"本小声咕哝着。

"……娃娃。"

---

1. 这是迦里弗莱星(博士的母星)诞生之后而宇宙中其他大部分文明出现之前的一段时间。当时,宇宙中生活着一些很强大的种族,这些种族大部分都灭绝了,只有很少残留下来。

肖恩砰的一声关上电脑,"我花自己的钱,我愿意。你还不是拿着罗马别针和陶器瞎兴奋。"

"你也是!"

"对,但那只是我的工作。是我在这儿、在大学里干的工作。而业余时间我有别的爱好,我有……"

"千万别说'自己的生活'。"本再次咕哝道。

"……自己的生活,"肖恩说道,"你在批评别人之前,最好也过好自己的生活。"

珍妮瞪着肖恩,然后看向本。本不让自己跟他俩对上眼,开始漫无目的地拨弄泥土,假装他的注意力在别处。

最终,紧张气氛被小个子的罗希教授打破了,他慢吞吞地绕过帐篷,提着从城里买来的牛奶和茶包。

"又来了,我在大街上都能听见你们吵架。怎么了?"

"没什么,"肖恩小声说,"对不起,教授。"

罗希摇摇头,挠了挠脸上的一小块伤疤,那条细长的伤疤就横在他脸颊上。大学里,大家都开玩笑说那是他为了心爱的女人去决斗而留下的疤,但是后来有人发现了真相。那是在十年前的一场车祸中留下的,他的妻子死于那场车祸。于是,所有人都不再去编排什么浪漫故事了。

"我该拿你们三个怎么办?我带你们出来,是为了在学期期中的假期,拜访一下我的家乡,给你们机会拯救一下你们岌岌可危的考古学分数。可是你们整天上网,调戏可怜的托尼奥,害人家尴尬,不然就是使劲喝橙子酒。你们是来工作的。善于社交当然很好,但却不是重点。重点是团队合作。肖恩和珍妮,我不管你们平时相处得怎么样,你们两个必须合作。珍妮和本,我不管你们俩谁能争取到托尼奥注意,你们也必须合作。肖恩和本,我不管你们俩头天晚上喝了多少,第二天你们必须精神抖擞地来工作!听懂了吗?我不是你们的父母,我是给你们的期末试卷打分的人,你们必须记住,让我高兴才是最明智的!"罗希在桌子的笔记本电脑旁放下几盒牛奶,"今天轮到谁泡茶?"

肖恩自告奋勇,罗希教授则打开了电脑。

"希望学校的财务处已汇来了更多的经费,我们好尝试去查找那些穿过山丘到达湖边的隧道。"

珍妮问:"您的家族在这里生活了多久,教授?"

罗希耸耸肩,"我还在图书馆里调查。我父亲那边的曾祖辈搬到了伊普斯维奇[1],但我怀疑他们的祖先在十五世纪左右的时候就生活在这里。"

本拿着筛子走了过来,"所以,我们找寻的不仅仅是十五世纪的意大利陶罐和锅?我就说嘛!说吧教授,有什么大秘密?"

"嘿嘿,"罗希笑了,"你们看,在这片地区,曾有一整个

---

1. 英国英格兰东南部港市。

公国消失掉了。这里曾经有一座城堡,周边是一个城镇,位置不是在这儿,就是在山丘上,要不然就在临近湖边越过那片柑橘园的地方。我想要找到它的边界。"

"我们怎么找呢?"水开了,肖恩也走了过来。

"图书馆里有记录。"托尼奥突然说出了一句流畅的英文,虽然口音很重。

珍妮和本惊讶极了——甚至有点被吓到了,他们一言不发地看着托尼奥。

他笑了起来,"哦,对了,你们都以为我不懂英语。"他笑着,低沉而大声地笑。

罗希教授也笑了,"这下好了,"他说,"真有意思。你们俩都没发现吗?"

另外两人默默摇摇头,肖恩则忙着泡茶,刻意不去看他们的眼睛。

"但那就是说……"珍妮开口了。

"我们所说的每一件事……"本说。

"关于你的……"珍妮说。

"你……你都听见了……天哪,杀了我吧……"本扔下筛子,重重地坐到了地上。

托尼奥把本乌黑的头发拔乱,冲他挤挤眼睛,然后一脸歉意地对珍妮说:"抱歉,你输了。"

"嗯，我输了。"珍妮说，"世界什么时候会如珍妮·格林所愿呢？"

电脑就在这时哔的响了一声，罗希教授立马丢下泡茶的学生和托尼奥的告白，打开了邮件。并不是学校财务处发来的邮件，不过确实有一条消息。

发件人：德尔斐女士

收件人：Rossi@Tarminsteruni.ac.uk

主　题：圣马蒂诺

罗希教授：

恭喜你重新找到了自己的家系，确实如你希望的一样，你的家族生活在圣马蒂诺。点击这个链接，你可以从我的网站了解更多有关那个美丽的意大利小公国的信息和它的秘密。

教授想把学生们叫来，但他决定先看看这是不是个恶作剧。（怎么会有人知道他们在找圣马蒂诺？他甚至没把这个名字告诉过学生）。于是，他点击了那个链接。

然而，并没有出现新网页，显示器上满是跳动的明亮的白色光球，那些光球非常明亮，边缘是淡紫色的，并且呈螺旋状。

他突然伸手触摸那个屏幕……进入屏幕……穿过屏幕……他的右手仿佛被那些令人眩晕的光球所吞没。

他缩回手来，盯着自己的手。

他手指周围萦绕着噼啪作响的紫色能量脉冲留下的痕迹，仿佛摇曳的强烈电光。他翻来覆去地察看自己的手，直到脉冲能量彻底消失，进入他的皮肤。他搓搓手指，然后又看了看屏幕。上面显示的只是肖恩在eBay上竞拍成功的页面。

教授站起来转向学生们，他伸出手张开手掌。"我们完成了。"他吸了口气说道。

立即，四个年轻人忘掉刚才各自心中的小算盘，走了过去，珍妮和肖恩各自伸出一只手，兴奋地迎上教授的手掌，虽然他们并不知道为什么要庆祝。

过了一会儿，他们放开罗希教授，罗希又抓住本和托尼奥的手。然后他们又拉住肖恩和珍妮，五个人站成一圈。

他们一起高举起彼此拉着的手，紫色的电光环绕在他们周围，发出噼啪的声音。

教授望着天空，其他人也跟他一起望向天空。

"欢迎回来。"他轻声说。

诺伯尔家的晚餐气氛有些压抑。

希尔维亚默默地把食物装进盘子里，多娜默默地把盘子从厨房端到桌上，威尔弗则默默地把水倒进平底杯里——其中三个杯子是加油站送的套装，另一个大点的唐老鸭杯子是给博士用的。

博士坐在那儿,即便是在最和睦的家庭中他也会不自在,而此时更是完全被束缚住了手脚。

"迪拜?"希尔维亚突然站起来。

博士看了多娜一眼——他该说点什么呢?

"还骑了马。"威尔弗帮忙证明。

"马?"博士好像被前车灯照到的兔子,"马。对,不可思议的动物。"

"迪拜的酋长还留我们多住了好几周,"多娜补充道,"不是吗?"

希尔维亚开始吃饭。饭菜似乎是某种奶酪和通心粉似的东西,博士不是很确定。曾经有种长着类似外表的东西试图咬掉他的脚趾头,那是在克里佩德斯星簇的卡尔-杜伦特海滩上。

他轻轻用叉子戳了戳那东西。

"很抱歉它看起来不如迪拜的酋长、马之类的东西高档,"希尔维亚说,"不过,你们两个谁都没说你今天要来。"

"哦,嗯,我们肯定不能让多娜错过今天。"博士很欢快地说。欢快过了头。然而今晚他的角色可不该是跳跳虎,应该是屹耳驴[1]才对。

"我觉得,阿联酋是由埃米尔们管理的,不是由酋长。"希

---

[1]. 跳跳虎和屹耳驴是《小熊维尼》中的动画角色,前者活泼欢快,后者忧郁伤感。

尔维亚说着给自己倒了杯水,"可能是我弄错了吧,我只不过是整天都坐在这儿,等着某人忽然出现回来吃饭。"

博士向多娜使了一个眼色,他自以为发出的是"帮帮我!"的求救信号,但多娜却误以为他是在说:"没事,一切正常,不用管我,现在是和你妈妈好好理论一番的时候了。"

于是多娜就照办了。

"你到底怎么了,妈妈?绝大多数人都会喜欢家人陪在自己身边。"

威尔弗想要阻止她,但是多娜完全停不下来。

"莫姬才走了两周,她爸妈居然开了个派对欢迎她回家。她只不过是去格拉斯哥[1]购物而已。而我去银河……去国外旅游了一趟——我之前从没想过能有这种好机会,最后只得到了一大堆抱怨。"

希尔维亚埋头吃着自己的食物,"嗯,那大概是因为他们知道莫姬她人在哪儿,而我只知道你外公收到了你的明信片,他甚至懒得跟我提起这件事。而且还有人不准我看明信片。哼。"

多娜正要埋怨外公,却突然想起自己的明信片通常都是从别的星系寄来的。

"好吧,妈妈,我会给你寄明信片的,我保证。"

---

1. 苏格兰城市。

"不只是这一点，"希尔维亚说，"我这辈子就这样了。你爸爸走了，你也走了，只有我被困在这儿，还要给你外公的小情人儿当女佣。"

多娜张开嘴，又闭上了。

等到她终于反应过来，再次张开嘴，但还是什么都没说。

"小情人儿？"博士问威尔弗。

威尔弗瞪着希尔维亚，"她只是一个朋友，"他说，"我不会和她结婚的。"

"但愿如此。"希尔维亚说，"不然，妈妈地下有知是不会安心的。"

"啊，你担心的就是这个，"威尔弗叹了口气，"你觉得艾琳会反对。你觉得我和一个身体不太好的可怜老太太见面会让艾琳伤心。你错了。艾琳是你妈妈，但她也是我的妻子，我比你更了解她。"

博士想起了他为什么跟家庭合不来。

"奶酪通心粉很不错，诺伯尔太太，"他吃了一大口，"嗯……"

"是蘑菇配拉克莱特奶酪！"她气冲冲地说。

"不是通心粉？"

"是蘑菇！"

"它……很好吃……奶酪味儿很足。而且……"

"那位女士是谁,外公?"多娜拉回话头。

威尔弗笑了,"她是个天文学家,在格林尼治天文台工作了好些年。但是三年前她……病了,所以没有继续工作。我们通过几次电话,见过面,还一起吃了晚饭。但你听希尔维亚说起她,会以为我正同一个十来岁就结婚怀孕的小表妹在约会。"

博士注视着希尔维亚。威尔弗说某句话的时候,她气得脸通红——看来问题在于怎么"病了"。

他问那位老伞兵:"她为什么放弃天文台的工作?"

"你自己问她,"希尔维亚说,"过会儿她就会来。明明是杰夫的纪念日,而我女儿把你带回来,威尔弗则把她带回来。"

然后,希尔维亚站起来离开了厨房。

多娜叹口气,跟了上去。威尔弗也打算跟过去,但是博士抓住了他的胳膊。

"我不是这方面的专家,威尔弗莱德,但我觉得,你还是让女士们去吧。"

威尔弗点点头。

"你那位朋友怎么称呼?"

"妮蒂。亨利埃塔·古德哈特[1]。"他笑了笑,"不错的名字,很适合她。但是她得了……她得了阿尔茨海默病,博士。病

---

[1] 古德哈特,英文是Goodhart,与好心肠(good heart)谐音。

情一直没有好转。"

"很难会有好转。"博士平静地说,这时门铃响了,"是她来了吗?"

威尔弗点点头,然后去开了门。

片刻后,博士见到了一位古怪,却十分富有魅力和幽默感的奇妙女士,那种风度只在特定年龄、特定经历的英国女士身上才会出现。

她从头到脚穿着褐色系的衣服——过膝的灯芯绒裙子,褐色上衣,巧克力色的外套,手袋也是褐色的。她的头上还戴着一顶很特别的帽子,帽子上至少装饰着六七片不同形状大小的褐色羽毛。威尔弗帮她脱下深色长外套,衣服脱到一半的时候她就和博士握起了手,也就是说,握手的那只胳膊上还套着袖子。

"博士,能见到你太棒了!万岁!乌拉!我真的很高兴。"

"古德哈特夫人。"

"是小姐。不过最好就只叫我妮蒂。我从未结过婚,尽管威尔弗莱德的女儿有想法,但是我完全没有结婚的打算。"

威尔弗终于帮她把大衣脱了下来,于是妮蒂轻快地坐到椅子上拿起水杯,那优雅的姿态显然是长期演练而成的。

"我从未结过婚,"她继续说,"结婚是对时间的一种惊人浪费。你知道吧,我住在格林尼治,往返这里有点麻烦,不过我们那里的出租车公司认识我,也知道我的小毛病,所以即便我忘了带钱也没关系,忘了去哪儿也没关系。"

博士立刻对这位健谈的女士喜欢起来。

"这点毛病可难不倒可靠的出租车公司,妮蒂!"他尽量在妮蒂快活的言谈中间插句话。

"他们在吵架吗?他俩老是吵架。是因为我吧,真是惭愧!不过我现在就当这是例行公事了。过不了十分钟,希尔维亚就会变回可爱的一面,端来茶和饼干。"

博士笑了,"希尔维亚·诺伯尔?可爱?这两个词可不太会同时出现。"

然而妮蒂的神情让他意识到,他完全误会了这两位女士之间的关系。

"请别说这种让我失望的话,博士。毕竟我听过你的种种壮举。那边那位女士可是一位圣人。她失去了丈夫,唯一的女儿又被你一时兴起带到不知道什么地方去了。她还得容忍了不起的威尔弗莱德——他俩可是一样顽固一样急躁,他甚至还更过分一点。我真的是很喜欢她。我知道她会抱怨,但那只是她减压的方式,她非常关心我……你知道……"妮蒂拍拍自己的头,"关心我的病情。上帝保佑她,上周她带着威尔弗一路开车去了查尔顿,因为当时我正失忆,跑到别人家的后花园里,硬要告诉人家我六岁的时候就住在那儿。"

"你真的在那儿住过?"

"当然没有啊。我是在汉普郡长大的。"

她从自己的手提包里拿出一个A5大小的红色笔记本给博士看。"我的生活，"她坦白道，"这样我才能记住这些事。"

博士看着她的眼睛，他见到的是一个虽然有点后怕，但依然骄傲的老妇人。他更加喜欢她了。

"没有这个笔记本，没有希尔维亚·诺伯尔这样的人在我身边，我真的什么也干不成。发生那样的事情，是因为我把包落在了格林尼治大道的商店里，结果根本搞不清自己是谁，也不知道自己从哪儿来，结果就去了别人家的花园。希尔维亚在我的衣兜里找到了一张收据，于是回到那家商店拿回了我忘在那里的包，还跟警察处理好了所有的事。她想送我去'老人之家'，你知道吗？那些宣传册就在炉子旁边的抽屉里。"

"真的吗？"

"真的。不过威尔弗不会愿意的，他说过他要请我先住到这边来。这个老笨蛋，说的好像我在自己家里应付不来的事情，在别人家就能应付得来似的。选一个条件好的'老人之家'，还能有人照顾我。很棒对不对？"

厨房门开了。多娜和希尔维亚相继走进来。多娜立刻做了自我介绍。

希尔维亚把茶壶放在炉子上，博士走过去站在她身后，"威尔弗知道你在帮他的朋友安排什么吗？"

"多娜知道你来我们家多管闲事吗？"希尔维亚反问。

"我不是你的敌人，诺伯尔太太。"博士说。

希尔维亚转身冲他笑了一下，明显是最不诚恳的微笑，"博士，我看在多娜的面子上，容忍你来我们家，但也仅此而已。看在我爸爸的面子上，我尽力帮助妮蒂·古德哈特。我不觉得我是个自私的人，博士。我努力工作，经营自己的生活，我没挣到过大钱，但是我给了多娜体面的生活。突然有一天，我丈夫去世了。我失去了我的支柱。那之后我尝试继续正常生活，但是我女儿要么根本找不到工作，要么突然有钱在地球另一边旅行，却还是买不起邮票寄信回家。而我自己的爸爸居然想要找人从此取代我妈妈。"

"你确定你不是在担心他要找人取代你吗？我觉得他早就放下你妈妈的事了。"

一记耳光。之后是仿佛长达几个小时的沉默，但其实只过了几秒钟而已。

"我不是那个意思……"博士说，"我真的在想——"

希尔维亚没理他，"爸爸，"她说，"你带博士去你们菜园好吗？多娜和我要跟妮蒂说说话，你们也许可以在那边玩几个小时，怎么样？"

威尔弗明白了她的意思，于是拽着博士离开了厨房。三位女士目送他们。

博士听到的最后一句话是希尔维亚说:"喝茶了,各位。"然后,威尔弗就把他拖了出去。他们呼吸到了夜晚的空气。

"菜园这边走。"老头子说。

巴比斯·塔其斯把最大的一堆干草装上货车,然后停下来休息。他年纪大了,这事本来该尼科斯来干。

但是尼科斯不在,他多半在农场后面跟斯皮罗斯家的姑娘鬼混。他一直都那样。

农场上有很多活儿要干——他们必须把这些干草托运到法里拉奇[1],那边有很多尚未完工的建筑工程:酒店、公寓、商场,还有其他各种设施。随着旅游业的发展,多德卡尼斯群岛必定能从中得益。

巴比斯喊了几声尼科斯,又继续装干草。他看了看表,可能要花一个小时才能开车横跨小岛到达蝴蝶谷,然后他们去和克里斯见面,再去林多斯,沿着海岸一路去往法里拉奇。他们会在法里拉奇卸下干草。今晚就住在埃里克的酒店。

但还是没找到尼科斯。

巴比斯叹了口气,离开货车,"我已经老了,尼科斯,"他喊道,"我打过仗,所以你这样的人才能自由自在地过这种奢侈

---

1. 希腊罗德岛上的一个海边度假村。

日子。所以麻烦你也出把力好吗,就这一次?"

他转到了农场后面,忽然听见马厩里传来一些声响——是一个女性短促而略微惊恐的喘息声。大事不好。

巴比斯立刻冲进马厩。

尼科斯坐在地上,双手捧着头,虽没出声,但显然很惊慌。

他面前站立的是个年轻漂亮的女孩,手里拿着一把铲子,巴比斯认出来她是卡特琳娜·斯皮罗斯。

"你还好吗,姑娘?"巴比斯说着伸手去够铲子。

卡特琳娜转身看着尼科斯的外公。他发现这孩子看起来非常害怕。

"怎么了?"巴比斯问。

卡特琳娜的回答让他很意外,"他接了个电话……"

她指着刚从地上爬起来的尼科斯·塔其斯,电话就扔在他脚边。尼科斯看了一眼外公,巴比斯不由自主地后退了一步。

巴比斯年轻时参加过战争,那时候二战正值尾声,他们把纳粹赶出克里特岛,让希腊人保住了希腊。在上战场之前,他还经历了来自父母的暴怒和痛苦,他们气急败坏,甚至和他断绝关系,因为他和占领希腊岛屿长达七百年的意大利人相爱并结婚生子,那些意大利人直到二战后才被驱逐出去。由于在迪亚戈拉斯的酒吧斗殴,他还进过监狱。1944年的时候,他曾把手榴弹绑在一个德国人的背上,后来他和那人愤懑不已的儿子还见过面。

但是，任何事情都不如现在他孙子的表情来得吓人。

那已经不是尼科斯了。自从尼科斯的父亲去世，巴比斯就负责照看他，但现在他那无忧无虑、开心机灵的孙子已经不见了。

巴比斯不知道自己为什么会这样判断。他不知道究竟发生了什么，但他无比确定。

直到那道比太阳中心温度还要高的紫色火焰闪过，卡特琳娜·斯皮罗斯还来不及尖叫，巴比斯的存在就瞬间被抹消了。

眨眼之间，卡特琳娜站的地方也只剩下一小撮灰尘落下来。

尼科斯·塔其斯双手伸向天空，紫色电光在他指尖跳动，他仰起头。

"欢迎回来！"他发出胜利的叫喊。

多尼和鲍西娅在度蜜月。多尼是第一次，鲍西娅则是第二次，但是他们都十分享受这段时光。

多尼的儿子当了他的伴郎，他的孙子做了侍童，鲍西娅的孙女则是花童。为了照顾双方的信仰，他们举行了两场仪式，一个纯粹的犹太教婚礼和一次简单的基督教婚礼。鲍西娅始终笃信犹太教。而多尼的家族在一百多年前来到埃利斯岛[1]后不久，就基本放弃了犹太教。

---

[1] 美国纽约市附近的小岛，曾是美国的移民检查站。

他们克服了很多困难——多尼有惊无险的肿瘤、鲍西娅犹太亲戚们的白眼,以及婚礼前一周,八岁老猫烟熏先生的去世。两人认识了十五年,谈了六年恋爱,最终他们结婚了。

现在他们乘着多尼的吉普车,沿着8号公路一路轰鸣,穿过丹伯里,然后下了高速公路,直奔康涅狄格州的乡村去度蜜月。

他们在距离丹伯里十三英里处的奥利维镇外租了一座很棒的殖民时代的老房子。房子的主人是鲍西娅的一个客户(她是遛狗员,每天三次带着一大群狗在中央公园散步)。车载广播里播放着卡朋特[1]的歌,仿佛是在教全世界唱歌,多尼和鲍西娅也愉快地跟着一起唱。

他们刚才听了ABBA乐队[2]、Dr.Hook乐队[4]、Medicine Show乐团[5]和祖·斯塔福[6]的歌,现在他们跟着海伦·瑞蒂[7]"不如疯癫"的旋律轻轻点头,刚一起哼唱到"你不必解释"的这句歌词,车子就在他们租的房子外面停了下来。

鲍西娅看着新婚丈夫,"好了,迪克塔先生,我们到了。"

"没错我们到了,迪克塔夫人。"多尼朝她眨眨眼睛。

"习惯了吗?"

"说不定永远不会习惯,"她笑着说,"但我喜欢你这么叫我。"趁着多尼熄火的时候,她俯身吻了他。

---

1. 由卡朋特兄妹组成的乐队,曾在二十世纪七十年代和八十年代初风靡美国。
2-7. 以上均是活跃于二十世纪七八十年代的乐队和歌手。

广播还在唱歌。

他们分开,同时看向车载音响面板。

"这可不太对劲儿,多尼,"鲍西娅·迪克塔说,"肯定有什么地方短路了。"

他点点头,"真讨厌。我这就把它修好,亲爱的。不然到明天车子就会没电,那就糟了,因为我想带你去新普雷斯顿的饭店。那里的食物非常好,服务一流,而且周围风景美不胜收。你可以直接俯瞰瓦拉玛乌格湖,真的特别浪漫。"

鲍西娅点点头,"你修车,我去准备一点咖啡。"

多尼摸了摸仪表板下面,试图找到脱落的线。音响上闪过一片小小的电光,然后声音就停止了。

"干得真棒,"鲍西娅笑起来,"现在你可以帮我把行李箱从后备厢里搬出来了。"

多尼·迪克塔什么都没说。他的手还放在车子仪表盘下面,眼睛盯着前方。

"多尼?"

没有回应。

鲍西娅拍拍他的肩膀,他陡然回过头看她。鲍西娅看着那双眼睛——不是她所爱的美丽蓝眼睛。那双眼睛成了炽烈而死板的紫色光球,眼角泪腺处闪着细小的电光。

鲍西娅说不出话来,因为多尼抓住她的头用力吻了她。但那个吻毫无热情。

过了几秒钟,他们分开了。

现在,鲍西娅·迪克塔的眼中同样闪耀着诡异的紫色能量。

他们一言不发地从吉普车里走出来,站在门廊处看着头顶的夜空。多尼伸手指向右边,那里有一颗炙热燃烧的星星。他如果是天文学方面的专家的话,就会知道那颗星星数百年来都不曾被人类的肉眼观察到。

他和他的新婚妻子高举双手望着那颗星星。

"欢迎回来。"他们吸入一口气齐声说。

博士俯瞰着伦敦。

"我能理解你为什么喜欢这里,威尔弗。"他对旁边那个忙忙碌碌的老头儿说。威尔弗在找一块帆布坐垫,好让他坐下。"这真是惊人的……宁静。"

威尔弗·莫特点头,"这些年来我都在这里。我参军的时候就喜欢在晚上看着星空。我习惯了参考星星来导航,当然也要有图表之类的。战友们觉得我疯了,但是你知道吗?博士,我们从来没有迷路。一次也没有。"

博士朝他笑了笑,坐在递过来的坐垫上,"谢谢。"

威尔弗坐在他旁边,从保温杯里给他倒了一杯茶。博士感激地小口喝着。"之前还能在这儿喝到点儿丹尼尔先生的好酒,"

威尔弗说，"但是后来被诺伯尔夫人知道了，酒就没了。那些该死的医生告诉她，我必须戒酒。"

"医生，讨厌的一群人，"博士笑了，"但他们知道哪些事情对你好，尽管这会让他们不招人待见。"

"说得太对了，"威尔弗点点头，"可能希尔维亚有一天会改变态度的。"

"真的？"

"不，"威尔弗低声咆哮道，"绝对不可能。"

博士又笑起来，"你对我没啥意见吧？"

"你让多娜快乐。只要多娜快乐，我就没意见。但是如果你让她不高兴了，我就会来教训你，哪怕你在火星上。"

博士有些惊讶，"她都跟你说了些什么？"

"全都说了，从她第一次见到你开始。"威尔弗指指自己的望远镜，"我在这儿一边看星星，一边听她跟我说你的事情。一开始我也不信。"

"嗯，确实很难相信。"

"事实上，我没太听懂她跟我说的那些事情。然后在那次脂肪人事件之后，我看到你们从天上飞过，多娜在朝我挥手，我就明白了，她说的都是真的。她一有机会就会告诉我最新情况。她会给我寄来明信片、电子邮件、奇怪的礼物。不过，我还是不知道该拿维伦勋章做什么。说起来，维伦勋章究竟是什么东西？"

博士露齿而笑,"维伦人[1],一个不可思议的种族,他们有很不错的空军部队,但是一点实际用处也没有,几千年来他们都没有打过仗,但空军部队却是他们最自豪的成就。维伦勋章就好像你去给别人颁发一枚三条杠的杰出服役勋章一样毫无意义。"博士耸耸肩,"等等!她什么时候拿给你的?她从哪儿得到的?她是怎么送到你手中的?"

威尔弗被博士一连串的无意识问题吓了一跳。

"不知道,呃,你不是要拿回去吧?我是说,那枚勋章不是偷来的吧?自从她八岁那年偷了沃利商店的糖之后,就再也没有偷过东西。当时我们要求她把糖还回去并且道歉。"

"不不,我没怀疑是她偷的。维伦人极其慷慨。我只想知道,她什么时候遇到了维伦人。"

"博士,我绝不希望我的小外孙女没被好好照看。"威尔弗扬起一边眉毛。

"赫利奥斯5号星域,"博士说,"应该是在那儿,要不就是在伊鲁姆。我喜欢伊鲁姆,多娜也喜欢——那是一座宇宙级别的都市。她也可能是从红磨坊3号得到的,那里有个街边自由市场。我想有可能是那天——"

"无所谓了。"威尔弗打断了他的话,"我带你来这里是有

---

[1] 出现在《神秘博士》新版第四季第十三集中,被第十任博士称为"特别慷慨的种族"。第四任博士的同伴莎拉·简也见过维伦人。

原因的。"

"原因是你想知道我到底对你外孙女有什么企图?并且也给我左边脸一个消肿的机会?"

威尔弗笑了,"那是希尔维亚的做法,我不会这么做的。我知道你值得尊敬和信任,我也知道多娜能照顾好自己,但你要是做出什么不光彩的事,我就跟你没完。真的。"

博士回想起多娜标志性的招呼"喂!",然后承认威尔弗真的很了解自己的外孙女。

威尔弗又调整了一下望远镜,"看这里。"

博士凑过去,看到了一颗星星。那颗星是一个极小的光点,而且不停地闪烁,有时像是快要消失了一样。

"喜欢吗?7432莫特。"威尔弗很自豪地说。

"什么,"博士回头看着威尔弗,"他们以你的名字命名了那颗星星?"

"我发现了它。我连接了一个交点[1],不久之后,我就发现了那颗星星。皇家天文学会明晚会为我举行晚宴。"

"我不太清楚交点是什么。"博士说。

"啊,交点就是——"威尔弗刚刚开了个头就被博士挥手打断了。

---

1. 天体运行的轨道与参考平面相交的点在天文学上被称为交点。在地球上,常用的参考平面是赤道面和黄道面。对太阳系外的天体,常用参考平面是天球上的切面。

"开玩笑的,我知道交点是什么。太惊喜了,威尔弗,你拥有了以自己的名字命名的星星,而且皇家天文学会还会为你举办晚宴,真为你高兴。我想你一定买了新领带,还有新衣服什么的。但是很抱歉,我要给你泼一点冷水,我刚发现在下面一点的位置还有另一颗新星,亮得让人难以置信,就在猎户星座宝剑的左边。"

威尔弗弯腰去看,把博士挤到一边,"是那里?"

"不,那边。"

"哦,那边。对,我们都很喜欢那颗星星,它非常漂亮。"

"是的,非常漂亮。一颗非常漂亮的新星醒目地出现在了本不属于它的星座里。关键问题在于,那么醒目而闪亮的星星不会无缘无故地出现。"

"闪亮?闪亮算是个专业词汇吗?"

博士瞥了威尔弗一眼,"对我来说够专业。"

"我只知道人们把那样的星星叫作'混沌体'。"

博士想了想,然后耸耸肩,"是吗?我倒是第一次听说。"

"报纸上是这样写的。"

博士点点头,"嗯,好吧。如果报纸上这么说,那一定是真的——谁会和那些小报较真儿呢?"他看了看那颗星星,"混沌体,非常形象的名字,不错。"博士攀住威尔弗的肩膀,"不过你知道吗?管它叫什么名字呢,你有了一颗星星,一颗不必担心会出乱子的星星,它是以你的名字命名的,我很骄傲。"

"谢谢。我很高兴听到你这么说,因为你为我解决了一个大问题。"

"什么问题?"

"我需要有人带我去沃克斯豪尔[1]。"

"为什么?"

"参加晚宴。"

"和谁?"

"英国皇家天文学会。"

"什么时候?"

"明天晚上。"

"怎么去?"

"乘塔迪斯。"

"好吧,想得美。"

"好吧,那就坐地铁去。希尔维亚觉得我没办法自己去。我是说,每天晚上独自坐在又湿又冷的菜园里就没问题,虽然那会破坏我的——"

"所以说,希尔维亚不希望你晚上太晚出门?"

"我是说,我不会迷路,博士,但是自从杰夫去世后,她保

---

1. 伦敦市中心的一个商业区。

护欲陡增,甚至有点偏执。然后多娜也经常不在家。现在又是妮蒂……"

"你知道吗?威尔弗·莫特,我很愿意陪你去沃克斯豪尔参加晚宴。咱们坐出租车去——多时髦啊。自从1969年伯纳德和宝拉带我去那儿看登月实况之后,还没有人请我在皇家天文学会吃过饭呢。他们还有枫糖布丁吗?"

"不知道,我之前也从没去过。"

"那就说定了,明天晚上。奇斯威克的威尔弗·莫特,我们就当皇家天文学会的菜单四十年来从没变过,而且我敢肯定,你会享受到美食的。"

博士又一次透过望远镜看了看那颗明亮得令人心烦意乱的新星,"混沌体,很形象。"

"而且很漂亮。"威尔弗低声说。

他们两个突然颤抖了一下,仿佛有人突然从他们坟头上经过一样。

或者是全地球的坟头。

"美丽的混沌。"博士安静地说。

星期六

凯特琳站在希斯罗机场[1]的五号航站楼,她在等待本该停在二号航站楼的航班。但二号航站楼被拆了,准备修成东航站楼,以便欧洲的航班进港。她已经看了好多入港航班,包括一架中午时分从肯尼迪机场[2]飞过来的、到达时间比欧洲来的早一点的航班。她看着巨大的787-9喷气式客机降落,它缓缓跑过停机坪,阳光在崭新的机身上闪耀,最后它停在下机门处,由一辆小型地勤车引导到停机位。

凯特琳穿着一套利落的机场员工制服,德尔斐女士帮她办好了能搞到的安全级别最高的通行证,几乎可以在各处通行无阻,这个证件就挂在她脖子上晃动。她冲着其他几位工作人员微笑,尽管大家都觉得从来没见过她,但是没人敢来盘问她。这都是证件的功劳。当然,凯特琳的乌黑长发、湛蓝明眸也是非常能够转移想仔细盘查她的人的注意力。只要微微一笑,就能如她所愿。

---
1. 英国伦敦的主要机场。
2. 美国纽约的主要机场。

但当她准备进入限制访问通道时,一名保安叫住了她。那个通道通往入境大厅,她刚好没有权限进去。

"打扰一下!"保安喊道。

"什么事……"凯特琳眯起眼睛看了看保安的名牌,"什么事,基斯?"

基斯·布朗罗看着她,歪了歪脑袋,仿佛是在掂量她,"我之前没见过你。"他平静地说。

"我刚来没多久。"凯特琳迅速回答。

"有意思,"他说,"我认识航站楼里的所有人。凡我不认识的人都不能进去。所以你必须离开,等我确认你的身份之后才能进入。"

凯特琳想了一下,回忆起了某个名字,"你可以联系戈尔丁先生,他会告诉你我的身份。我是星期四才入职的。"

基斯耸耸肩,"我会去查证的,但是你必须先回到黄色区域等待。"

"你工作做得很出色,基斯,不是吗?"

"我们很重视安全工作。"基斯回答。

"这是必须的,"凯特琳笑着说,"而且也很正确。但是你看,现在只有我们两个,你看了我的证件,你知道我有权限。也许只是管理人员忘了通知你我要来呢?我真的需要去入境大厅见几位VIP客人。"

基斯没理她，他右手扶着挂在腰间套着枪套的左轮手枪，左手拿出对讲机。

"唉，亲爱的，我还以为我们可以交个朋友呢。"凯特琳说着，举起右手发出一道紫色的能量直击基斯胸口。他转眼变成灰烬，甚至来不及移动半步。

凯特琳的高跟鞋踩过地毯上残留的灰烬。她深吸一口气，推开VIP区的门去见她的客人了。

他们正站着等她，这些人似乎并不知道自己在哪里，也不知道自己在做什么。其中有两个从纽约来的美国老人。

"迪克塔夫妇？新婚愉快，欢迎来英国度蜜月。"

多尼和鲍西娅·迪克塔什么都没说，只是朝凯特琳点点头。她领着他们来到一台专供老弱病残旅客在航站楼内行动使用的服务车旁。

服务车管理员怀疑地看了看她亮出的证件，但还是让开了路，让她取走了车子。

迪克塔夫妇乘上服务车，管理员又走了过来。

"他们没有行李吗？"他大声说。

凯特琳抛给他一个最甜的微笑，暗暗希望自己千万不要暴露真实的想法（"滚开，你这没用的蠢货"），然后大声回答："行李落在肯尼迪机场了，我们明早来取。"

她发动了车子往前开，"你们是第一批。"她轻声说，但语气既不甜也没有笑意。

"其他人呢？"

"希腊人马上就来了，意大利人再过一小时就到。我们等一会儿，大家集合之后就去见德尔斐女士。她有个任务需要你们今晚完成。"凯特琳笑了一下，"我本来该问问你们需不需要倒时差，但是德尔斐女士肯定不会让你们感觉到有时差。"

"我们感觉很好。"鲍西娅·迪克塔说。

"好。"凯特琳回答，"再好不过。"

服务车避开主通道，驶去另一扇门，去往雅典国际航班将要入港的位置。"我们之后再去接从列奥纳多·达·芬奇-菲乌米奇诺机场[1]起飞的787-3航班，"凯特琳说，"我希望你们能享受这次的英国之旅。它虽然短暂，但必定激动人心。"

服务车随后转弯沿着走廊行驶，继续去接德尔斐女士的其他手下。他们最终会让人类经历终极的毁灭。

多娜在帮博士系领带。她帮她爸爸系过上百次了，尤其是在他最后的那段时日，于是这成了他不高兴、抱怨自己一无是处的借口。虽然博士没有这样的借口，但是他依然在抱怨。

"多娜，我会系领带，你知道的。"

---

1. 意大利罗马的主要机场。

"真的？我怎么没发现呢？"多娜一边回答，一边用力把领带结拉到博士的喉结位置，稍稍有点紧。

"哎哟，"她笑起来，"对不起了。"

博士把一根手指头伸到领子下面，结果不但把领带拉松了，还把衬衣最上面的扣子弄开了，同时还把衬衣弄皱了。

于是他说这是艺术造型，极客风。多娜则说这是邋遢的亚瑟王，在放弃一个已注定的败局时就这样。

"今天妮蒂的情况怎么样？"博士问。

"还好，"多娜说，"外公一直在围着她转。所以妈妈也就咬牙切齿了一整天。所以妮蒂提前过去了，说是在皇家学会和我们碰头。我觉得，她说不定又会去买一顶傻傻的帽子。"

"你妈妈只是担心威尔弗而已。妮蒂虽然人很有趣，但照顾她也是很大的责任。"博士说。

"我知道，但是妈妈也不需要这么消极吧？"

博士耸耸肩，"她是一位妈妈，多娜。妈妈们的工作之一，就是发现全家人的错误。家庭手册里都这么写，天经地义。"

"你妈妈也从头到尾不停地批评你吗？你怎么梳头发，你穿什么衣服，你有哪些朋友，你喜欢的音乐——"

"嗯，不过，我的情况有点不同。"博士轻声说。

多娜看着他，露出一个安抚的笑容，"肯定不同，对不起。我说话没过脑子。"

"哦,没什么。我只是说,要多想你妈妈的好处。她要应付很多事情——她独自照顾了你外公很长时间。现在他的生活中又有了别的人,她难免不高兴。"

"别当你是史波克。"

"史波克?"

"嗯,一个儿童心理学家,也可能是别的头衔。总之就是研究父母和孩子关系的那一套。"

"啊,史波克医生。对的。"

"怎么了?难道你还认识别的史波克[1]?"多娜笑着离开了博士的客房——虽说她觉得博士可能根本没在这里睡过觉,他好像根本不睡觉,和正常人不一样。

博士照了照镜子。他向来认为自己穿晚礼服、打黑领带样子很不错——他讨厌领结,根据过去一些出席宴会的经验,他戴领结很像服务生,所以今晚戴黑领带就好。当然了,他现在看起来就好像要去参加葬礼一样,但是无所谓了。而且那件外套,不管他怎么系扣子好像都太小太紧了,而裤子老是在他的脚踝以上。

算了,威尔弗才是今晚的主角。

外头传来敲门声。"好了,我来啦,多娜,再等一分钟。"

门开了,是多娜的妈妈。

---

1. 《星际迷航》里瓦肯血统的大副,也就是博士认识的"别的史波克"。

"啊,你好。"他说。希尔维亚的样子有点吓人,就像所有的妈妈一样,她不喜欢博士。也不知道是错觉还是什么,博士觉得自己的脸颊又开始隐隐作痛了。

有些妈妈只需要他发挥一下魅力就能轻松搞定(啊,杰姬·泰勒[1],你最近忙什么呢?),有些妈妈只要博士向她们证明自己的女儿对博士的信任是合情合理的,她们也就能相信博士(但弗兰欣·琼斯[2]的右钩拳也还是不错,祝福你)。

可是希尔维亚·诺伯尔,满心骄傲、脾气又坏,且命运多舛。她的人生似乎总不及她预料的那样在自己的掌控之中,因此她总是非常生气。

当然,失去杰夫对她来说真的很艰难。博士只见过杰夫一次,那是在多娜的婚礼上,他看上去是个温和的好爸爸。而现在,可怜的希尔维亚要竭尽全力应付一个任性程度远远超出自己想象的女儿(而且她依然不知道博士带多娜去了哪里),还要照顾年迈的父亲,虽然老父亲决心不成为女儿的负担,却无意间造成了更大的负担。威尔弗·莫特想要证明自己独立、健壮,而且比实际年龄年轻二十岁,以为这能给希尔维亚减轻压力。他没意识到,她看穿了他的想法,并且因此希尔维亚变得加倍地担心和

---

1. 博士女伴罗丝·泰勒的妈妈。
2. 博士女伴玛莎·琼斯的妈妈。

不安,也许他只是安静地坐在沙发上看《倒计时》[1]节目倒还轻松一些。

博士有多久没坐下来看过《倒计时》了呢?他曾经很喜欢这个节目。

"你要照顾好他。"

"你不和我们一起去吗?"

希尔维亚似乎想说点什么,但只是轻轻摇了摇头,"我不感兴趣。"

"但是你父亲……"

"我们之前……讨论过了。"

"呃,"博士想象得出他们的讨论结果如何,"你确定吗?我觉得威尔弗、多娜和妮蒂都很希望你——"

他突然不说了。希尔维亚险些因为他提到亨利埃塔·古德哈特而发飙。

"博士,拜托你照顾他,"希尔维亚轻声说,"虽然他不服老,但也真的不年轻了。"

博士赶紧讨好地笑了笑,"我肯定会的。"

"你说'我肯定会'都是肯定不了的,博士。别净跟我说好听的废话。我不是在问你问题,我在跟你交代事情。"

---

1. 英国的一款猜谜电视节目。

086

博士又尽可能保持住不笑——他感觉像是在被一个女校长责备。不过,希尔维亚闪烁的眼神在提醒他,这事一点都不好笑。

"我保证,"他又加上一句,"我以1:300的赔率打赌:'我绝不会把诺伯尔家的任何人在伦敦弄丢'。"

"我只剩下这些亲人了。"希尔维亚说完,离开了房间。

博士舔了一下食指,然后竖起来。

嗯,室温确实降低了几度。

半小时后,他们挤进一辆出租车。威尔弗和多娜坐在后座上,博士坐在一张折叠座椅上,于是他全程都很难受地蜷着。

威尔弗打扮得很考究——丝绸领带、高级衬衣,外套稍微有点紧,可能是70年代早期买的——只可惜他穿着一双运动鞋。

他仿佛察觉到了博士的目光所向,于是拿出一只破旧的背包,里头装着一双搭配礼服的黑色皮鞋。"这鞋太挤脚了,所以我尽量少穿。"他解释说。

博士点点头。然后他对多娜说:"你看上去很漂亮。"

"谢谢。我找维娜借了点东西,但是她之前把东西借给莫姬了,所以莫姬只能今天下午给我拿过来,那时候你去取你的西装了,还没回来——怎么了?"

博士笑了,"你朋友的名字发音很……好听,"他笑着说,"莫姬。"

多娜挑起一边眉毛,"你还好意思说。你那些朋友都叫什么渥德先生、马特隆·科菲莉尔先生、文特拉西安·戈尔-泽格拉先生。你怎么能嘲笑我朋友名字的发音呢,嗯?"

"也对。不过渥德不算是名字,而是种族的名称,我……"

多娜瞄了他一眼,一副"我在乎吗?"的表情。于是,博士又问威尔弗:"现在激动吗?"

"非常激动,博士。我有了一颗自己的星星,一颗以自己的名字命名的星星。这真是太棒了!"

"岂止是很棒,外公,"多娜抓住他的手,"简直就是奇迹!这位就是外星人,你问问他,有没有谁以他的名字命名了哪颗星星的?"

"有吗,博士?"

不管有没有,那些人总之都不在了。"当然没有,"他对威尔弗说,"你真让我妒忌。"

"好吧,"威尔弗靠近他,免得司机听见,"你没有?可是你去过那些星星,对不对?你能飞上星空。"他转身开玩笑地推了推多娜,"好好把握机会吧,外孙女。"

"嗯,我会的,你不要担心。"她说。

博士点点头,"噢,确实,你完全不用担心。"

"我是说,我这辈子见识过、也做过不少事情,博士。但是完全不能跟你带多娜去看的那些东西相比,不是吗?"

"喂!我可不仅仅是跟班,你知道的,"多娜笑着说,"我也会做很多决定,包括我们去哪里、见什么人、我们待多久再离开,等等,因为他人一不在,并且惹恼了某些大人物,然后就会有军队来追我们。他们拿着大斧子,有十二条腿。"

"十条腿。"博士下意识地纠正她。

"哦,对,十条腿,还有两只长得垂到地面的胳膊。你真是卖弄学问。嗯,你本来就爱卖弄学问,今晚尤其是。"

博士冲着他们两人笑了笑,"也许我们应该找时间带你出去逛一圈,威尔弗。"

"不!"

多娜和威尔弗同时脱口而出,然后他们互相看着对方。

"那样太危险了,外公。"

"你都去了!"

"我……可以照顾好自己。万一你出事了,妈妈怎么办?"

"她杀了你?"

"呃,她会杀了这个人,"多娜冲着博士甩甩头,"我则有可能逃过一劫,避免被她活剥。"

"但是你刚刚也拒绝了我的提议,威尔弗。"博士说。

威尔弗抬头看了看星星。车子朝伦敦城南部开去,正穿过沃克斯豪尔大桥。"我想去看看,博士。我想去观赏,去想象,去做梦。但是现实呢?想想所有那些怪物和枪之类的东西?那还是算了吧。我想想就好。"

博士点点头,"非常明智。你这种理智的冷静可以潜移默化地影响到她。"

"我知道。不过她还是和你去冒险了,不是吗?"

"我就坐在这儿呢!本人就在你们面前呢!"多娜不满道。

博士却依旧和威尔弗说着话,"她小时候是不是被蜈蚣吓到过?不过她不承认。因为我们曾去过一个地方——"

"喂!"

威尔弗笑了,"噢,我可以给你说说。那时候她八岁,我和她爸爸带她去诺福克。好像是去那个宽阔的河边地带?总之她在划水的时候——"

"喂!!"

大家都看着她。她两只手指着自己的脑袋。

"我说了。我本人就在这儿。听着呢!我可不喜欢你们说我的笑话!"威尔弗和博士两个人互相对望一眼,笑了起来。

"以后再说吧。"博士说。

"嗯,以后再说。"威尔弗同意。

多娜打断了他们,"我们到了。"

出租车停在天文学会外面,那是一座巨大的红砖建筑,建于维多利亚早期,紧挨着沃克斯豪尔车站旁的广场。

多娜把车费递给司机("回家的时候你付钱。"她对博士说)。出租车离开的时候,她整了整裙子,检查了一下高跟鞋,然后推了推正凝望着夜空星星的博士。

他在看昨晚威尔弗指给他的新星。那颗星星现在更加明亮了。似乎还有另外几颗同样不该出现在那个位置的星星……

多娜再次推了推他。

"怎么了?"

她朝威尔弗的方向点点头,她外公正扶着路灯脱下运动鞋,同时手里还拿着背包。

"我不能弯腰,"她悄悄说,"要是我把裙子弄坏了,维娜能一巴掌把我扇到下个星期去。她在练武术什么的。"

博士帮威尔弗拿着包,让他靠着自己慢慢脱下运动鞋,换上礼服鞋。

"希尔维亚买的,"他对博士说,"起码小了三个号。"

"不,一点都不小,"多娜马上说,"你就是没好好穿。"

"哎呀,你什么时候变得和你妈妈一样了?"威尔弗说。

多娜想要顶嘴,但博士觉得还是见好就收吧,于是他站在爷孙两人之间,挽起他们的胳膊。

"某人的晚餐已经上桌了。"说完话,他们一起走进了学会大楼。

他们登上台阶之后,巨大的木门打开,一位三十多岁的绅士迎接了他们。此人穿戴得体,他深色的皮肤、黑色的头发和眼睛都微微地泛着光。他挥着手将他们引入大堂。

"晚上好,莫特先生,"他说话时带着一点点欧洲大陆口音,"诺伯尔小姐,史密斯博士。我是詹尼,礼宾部主管。"

多娜露出"天哪"的表情,"他真是倒背如流。"

"作为今晚的贵宾,"威尔弗说,"我告诉过主办方要带哪些客人。"

詹尼带他们进入一个小房间,里面有几个介于六十岁到三百一十岁之间的人。他们靠在吧台上,或者更像是吧台撑着他们。不管怎么说,总之他们很像是家具的一部分。

屋里苏格兰威士忌的味道很浓,多娜皱着鼻子看了看他们身后,那边有一扇门通往宽敞而吵闹的宴会区。

"请进。"礼宾部主管说完,多娜带头走进去了。

当他们三人进入宴会厅的时候,喧哗声忽然被一阵掌声所取代,多娜愉快地发现,带头鼓掌的正是亨利埃塔·古德哈特,而她光彩照人地戴了一顶十分古怪的深色帽子。

她走上前,以欧洲大陆式的礼节张开双手依次亲吻了多娜、博士和威尔弗两边的脸颊。然后又飞快地亲了一下威尔弗的嘴唇,并朝他挤挤眼睛。"我今晚很好。"她回答了威尔弗尚未问出口的问题。

一个五十多岁的人上前和威尔弗握手。"科洛斯兰。塞德里克·科洛斯兰。塞德里克·科洛斯兰博士。塞德里克·科洛斯兰博士,英国二等勋位爵士。不过你叫我里克就好,莫特先生。"

"哦，叫我威尔弗就行了。"威尔弗说着看向多娜、博士和妮蒂，希望谁能来帮他救救场。

多娜想要过去，但是被妮蒂拦住了，"不不，让他自己去。今晚他才是主角，他既享受了荣誉，就得忍受这个。上帝保佑我的小乖乖。再说了，怎么能丢下这些巧克力布丁呢？"他们看着威尔弗在晚会上被团团围住。"他看起来很开心。"妮蒂说。

"这很大程度上是你的功劳，"博士说，"我并不是在说客气话。"

妮蒂对他笑了笑，"当然不是了，博士。毕竟你是从外太空来的。"

博士看着她，然后笑了，"其实我是从诺丁汉来的——"

"他是从沃尔瑟姆斯托来的。"多娜同时说道。

"在诺丁汉出生。"博士说。

"在沃尔瑟姆斯托长大。"多娜小心翼翼地补充。

"威尔弗都告诉我了，博士。关于你，关于ATMOS系统[1]。还有你和多娜一起去了哪里。没有秘密。"

博士吐了口气，"呃，我不知道威尔弗到底跟你说了些什么。但是我……嗯……那个……"

妮蒂拍了拍他的手，"没事的。绝大多数时候我连我自己是

---

1. 塔迪斯的大气转换装置。

谁都记不住，更不可能记住你和多娜去了哪些星星，从哪里寄来了明信片。我很会保守秘密的。"

"这次我真是想弄死他。"多娜看了看自己的外公，一群老头老太太给他倒了很大一杯白兰地。

妮蒂摇了摇头，"他为你们两个感到骄傲。别生他的气。再说了，趁这个机会我想和你们谈谈混沌体。趁着我还记得。"

多娜皱了皱眉头。

"抱歉，多娜，"妮蒂说，"提起我的病让你感到不舒服吗？没关系的，我没什么需要隐瞒的。尤其是不要自欺欺人。"

"不是的，"多娜说，"我只是……有点难过。"

"确实。非常难过。相信我。但是我已经习惯了，我要尽可能过好每一个头脑清晰的日子，因为它们越来越少了。"

"少到什么程度？"

"博士！她不会泄露我们的秘密的。"

但是博士冲着她嘘了一声，"少到什么程度，亨利埃塔？"

"要是我在星期五能记得星期二自己做了什么，就已经很了不起了。"

詹尼忽然无声无息地出现——优秀的礼宾部主管大概就该这样——他手里端着银托盘，他们三个飞快地从上面拿了酒杯，仿佛是要填充谈话之间的空隙。

"好，"妮蒂说，"关于混沌体。"

"它什么时候出现的?我是说第一个混沌体出现的时候。"

"啊哈,"妮蒂说,"你也注意到了其他混沌体。今晚似乎也只有我看见了,其他人都没有提及此事。"

"因为昨晚它们都还没有出现。实际上我们在离开奇斯威克的时候,它们都还没出现。"

妮蒂笑了,"我知道你很了解外太空,比这里所有人加起来都要了解。但是从科学的角度来说,星星不可能移动得那么快。如果它们移动太快,会造成惊人的毁灭。"

博士朝她举起酒杯,"嗯,但那些并不是星星。不是真正的星星。混沌体,这个说法很准确。"

"它们到底是什么?"多娜问。

博士耸耸肩,"我也只是怀疑。第一个混沌体,最早的那个,看起来很像是星星,它肯定是某种炽烈燃烧的能量所形成的球体,并且和星星有些相像。但是其他的呢,它们看起来像是卫星,但肯定不是星体。"

"所以是人造的?"

"嗯,对,某些生物制造的。大脑深处的声音告诉我,我曾经在某个地方见过这种东西。"

大厅里有人在用勺子敲杯子。

"女士们先生们,用餐之前,我要向各位介绍我们的贵宾,"发言的是科洛斯兰博士,"新星M7432·6,官方名称

M7432莫特的发现者——威尔弗莱德·莫特！"

大家顿时发出雷鸣般的掌声，还有人在喝彩。接着，一名侍者引领博士、多娜和妮蒂到桌边和别的客人坐在一起。

博士却被威尔弗一把抓住，塞进了他和科洛斯兰之间的位置。妮蒂坐在威尔弗另一边，多娜则坐在妮蒂旁边。

博士满怀期待地看了看自己右边的空位，不知道谁会坐在这里。他觉得这有点像坐火车，人们总是希望自己旁边的空位不会来一个把随身听放得超大声的疯子，也不要来一个乱踢乱闹的熊孩子，也千万不要来一个傻里傻气的生意人——他会全程声嘶力竭地打电话，而且每次打完一个电话，另一个电话又打进来的时候，他会让那烦死人的电话铃声响半天。

博士常常在想，从什么时候开始，这些鸡毛蒜皮的事情会让他如此厌烦呢？

大概是快九百岁的时候。

很快，他旁边的座位上来了一位女士，她的服装往好里说算是标新立异，往坏里说就是脑子不正常——一大堆相互冲突的颜色堆积在一起，各种搭配风格也不一致，整个人看起来就是乱七八糟。

她的上衣堪称时尚界最大的恶行，那件衣服似乎被绣上了伽利略的整个星图，而且是手工绣上去的。假如说有人抢走了你的衣橱，然后狠狠地把里面搅了个一团糟，再蒙上你的眼睛，那你倒是很有可能选这样一件衣服穿在身上。

但穿衣服的人对于自己……独特的品位浑然不觉。更惊人的是,在场的其他人连眼睛都没眨一下——只有威尔弗和多娜有所反应,特别是多娜反应剧烈了些。威尔弗有些难以置信,而多娜则在拼命憋住笑,并突然发现自己眼前的这杯水是世界上最有趣的东西。

"阿里阿德涅·霍尔特。"她的语气好像是在告诉博士,这不仅仅是在介绍自己,而且是在语气中暗示为什么她穿成这样。

"你好。"博士说着伸出手。她也伸出了手,不过那姿势好像是要他亲她的手,或者至少也是要鞠个躬。博士没有回应,还是照原计划只和她握了手。

于是她瞄了博士一眼,似乎是在说:"哦,好吧,你就是这样的绅士?"然后,她把自己的椅子往前拉了点,稍稍离博士远了一点儿。

"所以,"阿里阿德涅说,"你研究什么方向?"

"东南方向[1]。"博士笑着回答。

钢铁般冰冷的眼神瞪着博士。

"开个玩笑罢了。"他含糊道,"显然并不好笑。"

又一个冰冷的眼神。

---

1. 为了达到中文谐音的效果,此处译文和原文稍有不同。

"顺便说一下,我是博士。"

"我知道。"阿里阿德涅·霍尔特说。

"你知道?"

"科洛斯兰告诉我了。他让我坐在这儿。晚餐的时候,在你旁边。"

"是吗?"

"是。"

"好吧。嗯,抱歉,我实际上并不认识科洛斯兰先生。"

"博士。"

"怎么了?"

"什么?"

"什么?"

"他是科洛斯兰博士,不是'先生'。"

"我懂了。"

"你是史密斯。约翰·史密斯[1]。你写书,还带插图的。和星座有关的书,不是吗?"

"啊,不。不是我,抱歉。我小时候确实用手指头蘸颜料画过夜空。我还加了一点……呃,意大利面——你们管那玩意儿叫这名字——好让行星看起来更加立体,还加了很多亮晶晶的东

---

[1]. 博士经常使用的化名,因为太过大众化,所以有时会重名。

西。我曾经也是很……光彩夺目的。"

又一个冰冷的眼神。

"其实你对我用手指画画一点兴趣也没有吧,阿里阿德涅?这不怪你。那些画确实不好,只能得个D-。满分十分的话,只能得四分。这个评分很严厉,但我觉得肯定很公平。那么你研究什么?"

阿里阿德涅·霍尔特没理他,而是越过他对科洛斯兰博士说:"不是这个史密斯,你这个老傻瓜。"她说,"这位不是那个作者。"

科洛斯兰看了一眼博士,"那他是什么?"

"我本人就在这儿呢!"博士说。

"哈!"多娜哼了一声,想起了大家坐出租车的时候,博士和威尔弗当着她的面谈论她。

"是个傻瓜,"阿里阿德涅·霍尔特回答,"一直都在说手指画和意大利面什么的。"

多娜朝着博士竖起两个大拇指,还很夸张地挤挤眼睛。

他瞥了她一眼,冷冰冰的眼神简直能把她冻成冰。

但是多娜笑得更开心了。

科洛斯兰看着博士,然后又看看威尔弗,"我以为你说那家伙是专家,莫特先生?"

这下轮到威尔弗像个被电筒光逮到的兔子一样傻呆呆的了。

他显然不善于应付这种场面,他所能想到的最好的回答就是:"他是专家啊。"

科洛斯兰用鼻子哼了一声。

"确实,"博士说,"我觉得你很快就会发现'那家伙'的确是专家,尤其在你们所谓的混沌体方面。"

这句话立刻引起了他们的注意。

博士深深地吸了口气,"那不是星星,你们很清楚。"

"我们知道它不是。"阿里阿德涅说。

"只是不知道它究竟是什么。"科洛斯兰说。

"我知道。"

每个人都看着他。"阿里阿德涅身上那件独特的上衣给了我最关键的一个提示。"

"是什么?"她问。

但是博士突然收了声,他打量起了亨利埃塔·古德哈特。

妮蒂并没有参加谈话,但谁也没有注意到这一点。她直直盯着前方,仿佛整个人突然神游了去了。

多娜注意到了博士的目光,轻轻点点头,博士冲她露出忧心的微笑。他又转回到自己的话题上,留出时间让多娜把妮蒂扶起来。威尔弗想跟上去,博士却扶着他的肩示意他坐下。她们离开的时候,博士看着多娜的眼睛,做出"谢谢"的口型,然后继续他的解释。

"它不是星星,而是一个超高温的通灵能量球,它的作用是作为一个防护力场保护某种邪恶的智慧生物。这种智慧生物想要不断扩散,四处繁衍,并统治一切。这种行为在他们自己生活的宇宙小角落里不会伤害任何人,但是当他们离开自己的空间维度,进入到我们的维度中并穿过半个宇宙来到这颗星球,这时候,就引起了我的兴趣。我很感兴趣,甚至很沉迷。哦,我说了沉迷吗?我的意思是我很生气,而且还有点吓到了。那件伽利略星图的上衣让我想起第一次碰到他们的情景,那是在十五世纪,我愚蠢地带了一点点那种生物到地球上。准确地说是带到了意大利,弗罗伦萨附近。大概就是那片地区。不管怎样,后来这些生物时常会造访这里,他们好像很喜欢地球和太阳系。"

"你,疯,了。"阿里阿德涅一字一顿地轻声说。

"因为我说在'十五世纪',对吧?"

科洛斯兰点点头,"对。别的部分也一样。"

威尔弗拍了拍科洛斯兰的胳膊,"你应该信他的话。科洛斯兰先生,博士爵士阁下,因为博士通常都是对的。"

"谢谢你,威尔弗。"博士笑了笑。

"不客气,博士。"威尔弗回答。

"那么,博士,"科洛斯兰说,"那个神奇的能量球叫什么?"

"哦,很简单的名字,"博士说,"就一个词——曼陀罗。"

当博士说出"曼陀罗"这个词的时候,在太空里的混沌体开始规律地跳动起来。它周围的光球也十分规律地做出回应,并且互相靠拢。任务开始了。

也是在博士说出"曼陀罗"这个词的时候,七个系着安全带的人正笔直地坐在希思罗机场停车场中的一辆SUV里,他们看起来仿佛刚刚被打开了开关:新婚的迪克塔夫妇、三个学生和他们的老师以及老师的助手,他们刚从罗马赶来,另外还有一个刚从雅典来的希腊农夫。那位雅典农夫坐在驾驶座上,发动了车子,点亮车灯,SUV开动了。任务开始。

还是在博士说出"曼陀罗"这个词的时候,多娜·诺伯尔正同妮蒂一起坐在皇家天文学会大厅外的酒吧间里,握着她的手,她忽然看到了礼宾部主管詹尼停下了正在倒酒的动作。詹尼张开嘴似乎是要说什么,但是只有口型却没发出声音,他喘了口气,最终还是说了些什么。不过说话的声音很轻,多娜甚至不确定他是不是真的在说话。

依然是在博士说出"曼陀罗"这个词的时候,坐日本航空公司头等舱飞往成田机场的村上先生正拿着饮料闭目养神,用自己的M-TEK原型机听之前下载的六十年代美空云雀[1]合辑。

---

1. 原名加藤和枝(1937-1989),日本著名歌手、演员。

他突然意识到隐藏在音乐中的有关摩根科技的信息正在入侵他的潜意识时，已经来不及了。他脑海里有个声音在尖叫呼喊，他突然知道了M-TEK中究竟隐藏着什么惊人的东西，可是他知道自己再也挣脱不了，更不可能去警告全世界了。

"需要饮料吗，村上先生？"空乘人员询问他需要酒还是需要饮料。

他笑着点了一杯红酒，然后敲敲耳机，"了不起的歌手，可惜去得太早。我一直觉得，那么多人尚未发挥潜力就去世了，真是悲剧。"

空乘点点头，走向下一位乘客。

村上先生继续听着音乐，他的神志渐渐被那条隐藏的信息侵蚀，但他自己却无能为力。

仍旧是在博士说出"曼陀罗"这个词的时候，在布伦特福德金里地区神谕酒店的顶层套间里，德尔斐女士的波形舞动了起来。

"达拉·摩根，"她惊呼道，"他想到是我了！"

达拉·摩根觉得，眼前的电脑高兴得简直要跳起舞来，如果它真能跳的话，"谁？"

"博士。而且，过了这么多的世代，隔着这么远的距离，星星终于像我预测的那样排列起来了。明天的天宫图都会变得不一样。"

全世界的人都在浏览德尔斐女士的网站，网站上关于星期天的星座运势占卜全都自动改写了。

现在网页显示的是："欢迎回来！你的生命将在四十八小时内以你无法想象的方式发生改变！拥抱这次变革，准备迎接你生命中最伟大的下一阶段吧！曼陀罗将吞没天空，然后向你们微笑。"

十五分钟后，开普敦的一个人把这些话印在了T恤上。巴黎的一位女士专门为"曼陀罗"在脸书上开了个群组。三个密尔沃基的年轻人将"曼陀罗"这个词的涂鸦喷绘在了学校的围墙上。

而博士此时正被塞德里克·科洛斯兰气得不行，旁边的那个蠢女人阿里阿德涅似乎对威尔弗说了什么，于是威尔弗起身离开，去外面的酒吧间逛了一圈。

他看了一眼多娜和妮蒂，立刻意识到妮蒂又开始神志不清了，她神游到自己的世界去了。威尔弗的心情变得沉重，他已经遇到过好几次这种情况，每一次，他都会问自己一个问题：

"如果这是最后一次，你该怎么办？如果这一次妮蒂再也不能恢复神志了，该怎么办？"

他走上前去，多娜朝他笑了笑。她的胳膊搂着这位她根本不认识的老太太，她愿意接纳对方不过是因为她的傻外公喜欢她。

威尔弗拉过来一张凳子坐在她们两个对面。

"你做得很好，多娜，"他说，"你本来没有义务这么做，她不是我们的家人。"

"也许不是,但她很重要。对你来说很重要,而且某种意义上,我觉得她对妈妈来说也很重要。"

"哦,你知道你妈妈……总是抱怨,总是不满,但是她内心深处……"

"充满更多的抱怨和不满?"多娜大声笑起来,"老天,我爱她,外公,而且有时候我也让她操心受累。"

"好了,我不是这个意思,多娜。你妈妈,她是个很好的人。她心直口快,并不是一件坏事,而且她也爱你。只不过在杰夫……你知道……有很多事情她不知道怎么处理……"

"死后?你可以说出来。"

"在你爸爸去世后,没错。"

多娜松开挽住妮蒂的胳膊,去握外公的手,"你是怎么认识妮蒂的呢?"

威尔弗笑了,"我有一封信发表在了杂志上,于是她给我写了信。"

"那本杂志现在还在发行吗?"

"到明年就发行六十周年了。今年是国际天文年,到时候会出增刊。我当时给他们写信描述木星和海王星三重交会[1]的情

---
1. 两颗行星在短期内相会三次,是一种比较少见的天文现象。

况！我提到用我的望远镜很难观察到这一现象,妮蒂看见之后,不赞同我的观点。于是,砰,我们大约论战了三期。有一天她突然给我打电话,我们在伦敦市区喝了咖啡,处理了一下分歧意见,一周之后,她通过自己的关系让我加入了皇家天文学会。就是这样。"

多娜朝他笑了笑,"你是什么时候发现她患有阿尔茨海默病的呢?"

"我们第二次……见面她就说了。"

"你是想说'第二次约会'对不对?你这个狡猾的老狐狸!"多娜看着他,"我真替你高兴,外公,你找到了朋友,一个你喜欢在一起的人。我想妈妈也是很高兴的。"

"我知道。她只是担心妮蒂的病情,担心我会受到压力。她和妮蒂说起过老人院,但我绝不会同意。"

他看着亨利埃塔·古德哈特,"她是位了不起的女士,多娜。我希望你也能看到她的优点。"

"我知道。昨天和今早在家我就发现了。她很可爱,我觉得你应该和她在一起。"

威尔弗却更难过了,"但总有一天我会失去她。这是无法避免的。我在网上查过了。"

"哦,好吧,那应该是这样了。"

"说真的。很严重。我不是说她会死,但是总有一天她会永远像这样神游,再也不会恢复神志。我们的药物和知识都治不了这种病。这不公平。"

他突然冒出一个想法来,"我打赌在太空中,在星辰间,在宇宙中,肯定有能够治愈她的人。肯定有某些东西……"

多娜握紧他的手,"不是这样的,外公。只有天知道有没有。我曾见识过很多事,也遇见过很多人,我也曾以为世间的一切疾病、饥荒和厄运都有解决的办法。我也曾以为只要跟博士吵闹的声音足够大,他就能想出办法。但是,无论你是在奇斯威克还是在小手套星座,事情都没办法那么简单地解决。我们不得不接受命运给我们安排好的东西。"

"这不公平。"威尔弗再次说。

"确实不公平。我也非常非常难过。我爱你,我真的很喜欢妮蒂,如果有让你们俩的人生更容易一点的办法,我一定会去实现。而且你知道吗?虽然博士跟你们都不熟,他却会比我努力十倍地去帮助你们。可即便如此,也依然不会有什么转机。所以,和你无法控制的事情纠缠不休,并为此责怪自己又有什么意义呢?"

威尔弗看着多娜,多年来他爱她,也关心她,他不知道以前那个傻乎乎的、一惊一乍的小姑娘到底经历了什么。不过现在,她成了一位优秀、勇敢又聪慧的年轻女士。威尔弗更加爱她了。

他没忘了妮蒂。

他松开多娜,去握住妮蒂的双手。"嗨,你,"他轻声说,"亨利埃塔·古德哈特,我们唱首歌吧,就像以前一样?"

多娜疑惑地皱起眉头,但是威尔弗朝她眨眨眼睛。

"我知道自己在干什么。"

他轻轻地唱起一段旋律,一首古老的赞美诗。

"当星星开始陨落,"他小声地唱,"主啊!那是何等的黎明。主啊!那是何等的黎明……"

他看了看多娜,"她告诉我,在战争期间,她的丈夫和她一起唱过这首歌。"

"我以为她没有结过婚……"

威尔弗勉强笑了笑,"不要让任何人知道这个秘密,孩子。她结过婚,但是只有三天。然后那人就死在了新加坡的空袭中。她告诉我他们曾在婚礼上,乘着一辆宽敞的银色劳斯莱斯唱起这首歌。妮蒂还给我看了照片,非常美丽。他们当时想要逃离新加坡,但是他靠在她膝头握着她的手死去了,当时她也唱着这首歌。"威尔弗看着妮蒂。

"别把这件事告诉任何人,尤其不能告诉她。一定不能。妮蒂非常爱他,甚至发誓再也不结婚。"

"我保证不说,外公。我保证。"

威尔弗继续唱着:"罪人啊,星星开始陨落时,你要何去何从……主啊,这是何等的黎明……"

妮蒂的目光渐渐开始聚焦,她深吸一口气,仿佛醒来了。

"我又走神了,是不是?啊,不,我该不会是只穿着内衣就在街上瞎逛吧?"她冲多娜眨眨眼睛,"又是这样!"

威尔弗虽在朝她笑,眼泪却几乎落了下来。他趁着没人看见赶紧眨了眨眼让眼泪收回去,"我们该回派对了,去帮帮博士,对吗?"

妮蒂站起来让威尔弗先走,她后退一点靠着多娜,"每一次发病都会让我更加疲惫。"她说,"哦,还有,谢谢你。"

"谢什么?"

"他的名字是理查德·菲利普·古德哈特。你外公是唯一一个和他那么相像的人。"

他们回到大厅时,晚餐已经结束了。

威尔弗和博士靠在大厅一头的墙上,威尔弗正在为阿里阿德涅·霍尔特和塞德里克·科洛斯兰冒犯博士的事情道歉。

"认识这样的人真是丢脸。"

博士忧虑地看着威尔弗,"别这样,他们都是好人。虽然有点古怪,但他们本质上都非常正常。他们为什么要相信我呢?"

"可我们已经见过桑塔人和宇宙飞船之类的东西了呀。"

"每个人将事物合理化的理性倾向真的是见仁见智,威尔弗。一些人惧怕的事物,另一些人则无所畏惧,因为他们在心理上并不设什么禁区。这种人通常都是了不起的先驱,他们热爱群星，热爱星系，总是仰望星空，记录笔记，想要给天堂撰写目录，就像你一样。这些事应该永不停歇，因为它们很重要，哪怕几个世纪都无人能够认识到事情的重要性。伽利略、哥白尼、欧加农在他们生活的时代也不被人理解。"

"你对他们的无礼非常宽容，博士。"

博士耸耸肩，"这不是私人恩怨。科洛斯兰博士这类人只是不愿意去理解自己常识范围之外的事物。往坏处说他们不过是又蠢又顽固，往好处说不理睬他们也是一件容易的事。"他看了看自己杯子里的柠檬水，"通常是这样。"

"但是那个曼陀罗，它很不寻常，是吗？"

博士摇摇头，"那是个极其恶毒的东西，威尔弗。上一次它来地球的时候，规模很大，死了很多人。它试图阻止意大利文艺复兴，试图阻止人类科技发展到今天的程度。我不知道它这一次又想干什么。要是四十年前，它们可以阻止晶体管或者芯片问世？对，那就可以阻碍当时人类的下一步发展。但是现在？今年不会发生任何特别影响地球未来的事情，这十年都不会。你们人类会就这样持续一百年左右，然后去往火星。有几艘主要的太空战舰——"

"火星？我们去火星了？发现火星人了吗？"

"事关机密，"博士眨眨眼睛，"不能说。"他喝了一大口柠檬汁，"所以，我也不知道是该假定它只是在静观事态、把它扔在那儿不管呢,还是做好准备迎接大战。"

"也许它和卡恩斯家的两个男孩有关,博士。你不是说你怀疑他们家有外星人吗?"

"哦,对!而且乔伊·卡恩斯为什么会知道我的名字?"博士叹了口气,"噢,威尔弗,威尔弗,威尔弗!你毁了这个美好的晚上。"

"我?怎么会呢?呃,对不起。"

"你刚刚指出了我逻辑上一个很小很小的漏洞。曼陀罗跟占星术有着某种古怪的联系,不只是天文学上的。"

"占星术都是骗人的。"

"绝大部分确实是报纸编出来的,但是占星术的历史可以追溯到黑暗时代,其中还是有一些真实的成分。从宇宙诞生之初开始,你会发现每一个社会、每一种文明都有类似黄道十二宫的东西,并且相信那些古老光点蕴含能量,且这种能量和基于行星、恒星以及星座运动的信仰体系有关。海纳斯星上的占星家一口咬定这绝不是巧合,他们坚信自从大爆炸开始,之后的所有事情都是既定的,是某种事先安排好且无人能够挣脱的命运。你可能觉得我在胡说八道,我也觉得是胡说八道,但是曼陀罗却靠着这套未经证实的信仰系统和理念发展壮大。因果关系。"

威尔弗皱眉道:"这没有任何道理。"

"哦,是的,肯定没道理!嗯,大概是吧。但还是不能阻止

111

曼陀罗以此开发星系间的能量。"

威尔弗耸耸肩,"你说是就是吧,博士。"

这时,多娜走了过来,"外公,我觉得你可以帮妮蒂在现代社会女性地位的问题上抨击一下那个疯老太婆。"

威尔弗点点头,"干杯,博士。另外,我希望你是错的。"然后他就走开了。

"你们怎么了,帅哥?你让我外公不高兴了吗?"

博士摇头道:"没有,多娜,完全没有。他让我想到了巧合和因果。"然后他看了看妮蒂,"她怎么样了?"

"不清楚。她刚才迷糊了一会儿,然后又恢复了,高高兴兴地拉我回这里来。"

"她恐怕会经常这样。"他看着妮蒂把手搭在威尔弗的腰上,"别忘了,她自己已经习惯这样了。"

多娜拍拍他的手,"还有一件事儿。在吧台那边,之前不是有个很好看的家伙领我们进来吗?"

"詹尼?"

"对,是他。他在没完没了地说某个人的事儿。"

"在说谁?"

"不知道。一开始我不确定他在说话,后来听到好像是说一个疯律师落选了之类。"

博士耸耸肩,"什么事都可能发生。说不定是他喝多了。"

"或者和这些人共事让他发疯了!"多娜笑起来,"噢,好吧,你说不定什么时候会去看看发疯的律师[1]。"

博士也笑了,"我也不知道,不过我们得赶紧走了。"

"为什么?"

"因为有一个古老又危险的外星物件出现在了离地球不远的地方,而且绝对不是为了来看风景的。"

"有多危险?"

"嗯,它们可能在等待某次月食,看今晚这月亮,月食倒不会马上发生。"

"但是会发生三重交会。"

"什么?"

"外公告诉我的,这就是为什么他发现新星时大家都很激动。今年是国际天文年,他们都期待着观测木星和海王星之间的第一次交会。"

完整地复述出了全部的信息,多娜很是骄傲,但博士却大步向屋子那边的科洛斯兰博士走去。"三重交会!"他喊道,"什么时候发生的?"

"你说什么?"

"今年对不对?今年的什么时候?"

---

[1]. 此处涉及后文的谐音翻译,故和原文意思有所不同。

科洛斯兰叹了口气,"你不是很聪明吗?"

"确实。但是和所有聪明人一样,我只听得懂人们直白的回答,听不懂讽刺。"

科洛斯兰博士看起来有些得意。他显然比这个博士聪明。"如果你真像自己所说的那样了解天文学,你就应该知道三重交会一直在进行之中。不久之前就开始了。"

"从混沌体被发现的时候开始?"

"我想是的。"

"什么时候达到顶点?"

"这就是我们举办晚宴的原因,博士。三重交会将在星期一达到顶点,本地时间下午三点左右。"

"作为一个即将在未来四十八小时内死掉的人,你很骄傲嘛,科洛斯兰博士,"博士说,"也许有五六个小时的误差。"

科洛斯兰博士皱起眉头,"你这是在威胁我?"

"对,"博士说,"但这威胁并不来自我本人,我只是陈述事实。威胁来自曼陀罗,也就是你们所谓的混沌体。它到来是为了杀死你们所有人。"

他快步向威尔弗、妮蒂和阿里阿德涅·霍尔特走去,"抱歉打断你们,威尔弗,但是我必须得走了。多娜,你可以送妮蒂回家吗?"

"博士,你们去吧,不用担心我们。我已经预订了出租车,十一点就能送我回家。"妮蒂说。

她拍拍威尔弗的胳膊,"别跟我争,威尔弗莱德·莫特。今晚你是主角,我不希望你觉得还要照顾我。"

威尔弗看看她,又看看博士。

"威尔弗不能走,"阿里阿德涅说,"他还没致辞呢。"

"只有我们走,"多娜说,"外公留下来。"

"我才不呢,"威尔弗说,"我要跟你们一起。"

"谁都不和我一起。"博士说。但谁都没听他的。

多娜拉近了威尔弗,"外公,今晚妮蒂已经……迷糊一次了。你得和她在一起,确保她安全到家——陪她坐出租车回家,再让司机送你回家,知道吗?"她从手袋里摸出三张十英镑纸币,"不知道够不够,但应该差不多了。"

威尔弗没拿钱,"我的钱够了,谢谢你,宝贝。"

"好,我知道你没问题,"多娜说,"但还是拿上吧,好吗?免得我老是担心你被丢在什么地方,然后不得不把妈妈叫起来去接你。"

威尔弗看了看外孙女,又看了看假装专心看天花板的博士,然后接过钱。"有事给我打电话,"他说,"我有手机。"

"我知道你有,但它要么关机要么没电。总是这样。我们不会有事的。明早再见。"她亲了亲外公,又亲了亲妮蒂,然后拉住博士的手,"走吧,我们该出发了。"

博士向妮蒂、威尔弗和阿里阿德涅·霍尔特道别,然后多娜就拽着他穿过大门往入口方向走去,经过门卫,回到了清冷的夜晚空气中。"我一个人去就行了。"博士表示抗议,但是多娜已经挥手叫了出租车。(她就站在兰贝斯南路中间吹口哨,一辆不知道是该停下来,还是忽视她直接开走,或者是干脆撞倒她的出租车最终还是停了下来。)

多娜钻进车里,然后把博士也拉了进去。

"你们去哪儿?"司机问道,"我马上就要下班了,最好别跑太远。"

"奇斯威克大道。"博士回答,然后又跟多娜说:"我需要塔迪斯。"

司机发动了车子,沿着铁路桥往伦敦西区的九榆街区开去。

第一份报告出现在23:04,来自澳大利亚西部的克莱门斯特莱天文台。报告中说,一周前,天空中出现了一颗新星,它好像在不断接近编号为M84628·7的星星。

事情有点不对劲儿,梅尔维尔教授用圆珠笔指着电脑屏幕。他正待在自己位于埃塞克斯郡的哥白尼天文台的办公室里,但是他现在恨不得马上去射电望远镜的控制室。他通常都在那里。

"这些新星,这些混沌体的问题在于,"他对年轻的"助手"奥拉迪尼小姐说,"从科学上讲,它们又混沌又无序。你认为呢?"

"的确如此,教授。"奥拉迪尼小姐回答道。其实她根本不知道教授在说什么。她只是通过布伦特伍德的罗夫莱斯中介跟教授签了短期工作合同,到这里来学习新技能。

"新技能"——她才二十五岁,不知为何就要学习新技能。

而且尴尬的是,她对天文学一点兴趣也没有,但却不敢告诉梅尔维尔教授。

于是她既照顾教授的饮食,给他准备茶和巧克力,又听他唠叨自己的猫和母亲。(他跟其中一个同住,而另一个因为肾脏不好,他想要让其安乐死。但奥拉迪尼小姐不确定究竟谁是谁。不过她隐隐约约觉得,猫应该身体不错。)

梅尔维尔教授是个很亲切的老头儿。重点是"亲切",然后是"老"。他自称六十年代的时候自己是个流行歌手。奥拉迪尼小姐不是很相信。

当然,她很喜欢梅尔维尔教授,不过她觉得,哥白尼天文台很可能只是出于同情才雇用了他(他早就超过退休年龄了)。很可能这是他主动值夜班的原因,让自己避免被人找麻烦。哥白尼天文台本身就是一台射电望远镜,它建在乔治王朝时期的一座别墅的花园里,别墅被改成了天文台的办公室、会客厅等等。真是浪费,奥拉迪尼小姐心想。这是一座很美好的老房子——她经常去参观各种老房子。天文台的这座房子虽然被精心保管,很多家具和装饰都保持了原样,但这地方看起来却很乏味,毫无生气。她有时会想,一百年前是什么人住在这里,他们后来怎么样了,他们是否喜欢自己的画室、厨房、卧室、舞厅被改造成科学家和管理人员的工作场所呢?

23:09,美国马里兰州的格里芬天文台传来报告。报告中也提到混沌体和另一颗星星连成了直线,但不是克莱门斯特莱天文台提到的M84628·7,而是M97658·3,这显然太荒谬了。

"大家都喝醉了吗?"梅尔维尔很是不解。

奥拉迪尼小姐则觉得喝酒这个想法不错,虽然她真的很想马上回家睡觉。她不喜欢半夜骑车,而且晚上这时候,街上的很多人都烂醉如泥。

23:17,比肯斯菲尔德附近的第谷项目传来报告。混沌体正在朝M29034·1的方向移动。

当然这一切并非完全同时发生——毕竟加利福尼亚和佩斯现在还没黑下来,而梅尔维尔才刚开始值夜班,刚打开电脑而已。

"奥拉迪尼小姐,我们现在只需要明斯克天文台传来一点奇闻——"

23:19,来自明斯克,克洛索斯天文台的报告中详细描述了混沌体是如何与M23116·3连成一线的。

梅尔维尔又好奇又警觉。奥拉迪尼小姐虽然不关心天文学,但也有了兴趣。因为她是数学系的学生(所以她才会沦落到来这儿工作),她计算了一下,混沌体在同一个晚上和四颗已经存在的恒星组成星座的概率……这个概率只比她计算器出现误差的几率大些。

梅尔维尔把最新的照片贴到办公室墙面的屏幕上。那是一块巨大的屏幕,用上了最新技术,英国其他天文台和射电望远镜台肯定对这块屏羡慕得不得了。梅尔维尔需要做的,就是在自己的笔记本电脑屏幕和墙上的大屏幕上追踪一条隐形的线,然后文字和图片像科幻电影的场景一样交互。

梅尔维尔对这套软件感到很自豪,却完全不知道它是如何运作的。他只知道软件很好用,他无须从椅子上起身就能把图片传到墙面的屏幕上。就像现在这样。

一开始,他把自己拍摄的混沌体照片放在屏幕中心,然后叠加上克莱门斯特莱的照片,再加上格里芬、第谷和克洛索斯三处天文台的照片。

"教授……"

"我知道。"

"但是这……"

"我知道。"

"我是说,怎么会……"

"我不知道。"

"我从没见过这样的东西。"

"我知道。"

梅尔维尔抓起桌上的电话,红色的那部。他用力拨号的同时看了一眼奥拉迪尼小姐,"你签了OSA没有,奥拉迪尼小姐?"

她皱皱眉,"什么?"

"正式保密协议。你找到这份工作的时候,他们让你签这个了吗?"

奥拉迪尼小姐想了一会儿。这个问题吓到她了。平时,梅尔维尔是个很和善的老头儿,有点颠三倒四,有点唠叨,总喜欢抽他的烟斗。但是现在,他突然拿出公事公办的语气,既警觉又严肃,平时的"怪老头"气氛全都没有了。

奥拉迪尼小姐忽然意识到,平时那个迷迷糊糊唠唠叨叨的老头儿不过是他装出来的。梅尔维尔教授其实敏锐又聪慧,说不定他曾经真的当过流行歌手。

"签了吧?"

她点点头。她确实签过一个文件,那上头写着"正式"之类的词,她记得这件事。老实说,中介罗夫莱斯夫人让她签字的时候,她根本没仔细看。每个临时工找到工作时,都会签很多有关健康、安全、保险弃权书之类的文件,当时如果多签一份也完全没引起她的注意。

现在看来,那个文件似乎很重要也很吓人。

"怎么回事?"

"如果你没在那份文件末尾签字的话,我现在要做的事情,以及你将要听到的事情,会把我们两个都送进监狱,这辈子都出不来。"

奥拉迪尼小姐认真想了想。她对数字很敏锐。"KD62344号文件,"她突然说,"我签了两次,还在左下角的一个方框里签了姓名首字母。"

梅尔维尔眨眨眼睛,"谢谢。"他按下最后一个电话号码,"请找奥伯里·费尔柴尔德。这里是哥白尼天文台,代号18。我的名字是梅尔维尔。"

奥拉迪尼小姐回头看了看屏幕上那些拼在一起的图片。混沌体和别的星星分开来看并没有什么特别的意义。但是,梅尔维尔把它们拼在一起,就形成了一幅图案。并不是那种全靠人脑想象出的几条鱼、一个犁头、一架过山车这类的抽象图案。

那无疑是一张非常清晰的轮廓分明的人脸,嘴角还有着一丝笑意。

奥拉迪尼小姐抖了一下,那个笑容绝不是开心的笑,而是充满恶意的笑。

"首相?我是梅尔维尔,哥白尼天文台的执行教授。我现在给您发送一幅来自代号18的图像。"

他停顿了一会儿,"是的,先生。不,先生。图像是在这里合成的。目前只是针对英国的威胁,但要是再过几个小时……"

梅尔维尔教授看了看奥拉迪尼小姐,"不,先生。只有我和我的助手。我们会原地待命,等您的消息,首相。不,肯定,完全封锁了,没有通信,任何情况下都不会有人联系得到天文台。晚安,先生。"

梅尔维尔教授挂了电话。

"那真的是首相吗?"奥拉迪尼小姐问道。

梅尔维尔点点头,"抱歉,亲爱的,我们今晚必须待在这儿了。你能不能看看我们的牛奶和茶还够吗?"

奥拉迪尼小姐正要离开房间,忽然看到梅尔维尔把一部手机放进了外套口袋里。她从来不知道他居然有手机。

"教授?你不是向费尔柴尔德先生保证过我们不会和外部联系吗?"

他微微一笑,"所以我才需要你去泡点茶。你不在这个房间,我不遵守诺言也不会连累你了。这可是叛国罪,而且相当于自毁前程。现在,赶紧去泡茶吧。"

奥拉迪尼小姐满心疑惑地离开了办公室。但是她一直在门口等着,想听听教授究竟给谁打电话。

她听到键盘发出哔哔声,然后似乎是几声响铃,随后教授说:"晚上好,我是梅尔维尔教授。我想找博士。"

出租车正好开到阿尔伯特亲王大道,就在沃克斯豪尔和奇斯威克之间，由于减速带的关系，时速不到二十英里。

手机铃响了，后座上的多娜掏出手机看了看，是不认识的号码。她耸耸肩，按下接听键，"你好？"

她听了一下，然后把手机交给博士。

博士笑了起来，"我让塔迪斯把来电都转到了你的号码上。抱歉，之前没告诉你。"

"没发明手机之前你要怎么办？"她叹了口气，"是一个叫梅尔维尔的教授。"

博士继续笑，"又一个巧合——神奇的夜晚，不是吗？"然后他对电话里说，"啊哈！今晚我能为哥白尼天文台做些什么？让我猜一下，是不是和混沌体这个词有关？"

奥拉迪尼小姐的夜晚充满了惊讶。首先是星星组成了人脸。然后是那个颠三倒四的梅尔维尔教授居然可以直接给首相打电话。再然后她发现厨房里的牛奶这一次居然还没变质。接着她男朋友居然三更半夜给她打电话。

"斯潘塞，怎么了？"

"你用那个巨型望远镜看了天空没有？别告诉我你没看。"

奥拉迪尼小姐穿过厨房门来到户外，仰头看向空气冰凉的夜空。她本不指望能通过肉眼看到什么。

但是当她真正看到的时候，着实吓了一跳。

"是烟火表演吗?"斯潘塞问。

奥拉迪尼小姐不知道该说什么。十分钟之前,空中还什么都没有。而刚才在教授图片上的那张笑脸,现在居然就挂在天上。如果她那个不靠谱的男朋友都在清醒未醉的情况下看到了,说明真的需要采取措施了。她想起了"正式保密协议",于是告诉斯潘塞她看到了,那很可能是从达格南区某个电影院房顶上播放的投影画面。"一部电影宣传片什么的,"她补充道,"昨天我们就接到主办方告知我们的电话了。"这个蹩脚的谎话,却似乎让斯潘塞安心了。

斯潘塞挂掉电话之后,奥拉迪尼小姐突然想到,其他的英国人恐怕不会相信她的谎话——因为她根本不可能打电话给所有人去通报这件事。

也许首相可以,或者帕特里克·摩尔也可以。

"茶怎么样了?"

奥拉迪尼小姐回头看到梅尔维尔站在门口,正满脸微笑地看着她。她说起现在已经可以用肉眼看见天上那张脸的事,梅尔维尔来到窗户边往外看。

"别担心,"他说,"会有专家来处理。"

"唐宁街[1]的人吗?"

---

[1]. 在过去两百多年间,英国首相、财政大臣等很多重要内阁成员们的官邸,以及英国的多个政府办公室都在唐宁街。

"不，是比他们专业得多的人。"他看看窗外，"真吓人，是不是？"这时茶壶里的水开了。

"加奶不加糖，对吧，奥拉迪尼小姐？"

她默默点头。

"我现在不担心了，"他补充道，"博士会处理好的。"

这时外面一道光线闪过，他们随即听见几辆车开进了员工停车场。

"好快。"梅尔维尔喃喃自语道，并轻轻皱了一下眉。

"是唐宁街还是你的博士朋友？"奥拉迪尼小姐尽量显得不那么紧张，"或者是其他住在附近的人，因为担心天上的东西所以过来了？"

但是梅尔维尔完全没在听她说话。他更关心是谁来了。

车灯被留着没关，透过厨房窗户照得里面一片明亮，他们看不清是谁从车上下来，只听见开门关门的声音。

奥拉迪尼小姐打了个寒战。感觉……不太对。

梅尔维尔也这么认为，因为他突然冲向大门，似乎想要把它反锁上。但是太迟了，有人猛地把门推开了。

梅尔维尔很有骑士精神地站到了奥拉迪尼小姐前面，不管是谁闯进来，他都要保护她。

有很多人。不同的年龄，看起来不太……像政府的人，也不吓人。

但是奥拉迪尼小姐觉得,这伙人看起来十分不对劲儿,他们环视厨房的样子,他们转动头部的方式都非常不自然,就好像他们第一次看到厨房的内部一样。

一个胖老头儿站在最前面,一个中年男人跟在他身后。他们的后面是个老太太,还有三个学生模样的人,两男一女。

"其他人在哪儿?"领头的老人一口美国口音。

梅尔维尔教授清了清嗓子,"这里是私人财产。这里是哥白尼天文台。你们不能半夜闯入——"

那个年轻的女学生推开其他人走上前来,好像不太理解梅尔维尔教授为什么站在这儿似的,"你……在这里工作?"

这位是英国口音。

教授点点头,"我负责这里的射电望远镜,不过今晚我负责整个天文台的全部事务。我要警告你们,你们已经触发了警报,警察马上就会来。"

另一个学生说话了,他好像是欧洲大陆人,来自西班牙或者意大利,"我没有检测到警报系统。这个人类在撒谎。"

人类?这个说法真奇怪。

但梅尔维尔教授丝毫不介意这个人的措辞,他甚至还在玩味刚才这句话,"你们代表哪颗星球?你们和混沌体有关系吗?"

那个大个子的美国人再次开口:"你可能会对我们有用。"

梅尔维尔教授立即指向奥拉迪尼小姐,"别忘了我的助手。

你们如果需要我帮忙的话,我的助手也能派上用场。哥白尼天文台的设备需要两个熟手来操作。"

他疯了吗?奥拉迪尼小姐心想。

"她是个了不起的物理学家,也是宇宙科学方面的专家。"

绝对是疯了。

"不太对劲儿。"那个美国老太太走上前来。她突然出人意料地拍了拍梅尔维尔教授的肩膀。奥拉迪尼小姐还以为他们两人都会触电而死——只见一道刺眼的紫色火花从他们之间闪过,梅尔维尔教授摇晃了一下,痛苦地喘息起来。

"教授?"奥拉迪尼小姐挤出声音呼唤道,但是她立刻就后悔了。

梅尔维尔转头看了她一眼,那一瞬间,她看到教授的眼中还有残留的紫色光芒。"好吧,我撒谎了。她是我的临时助手。"梅尔维尔几乎喘不过气,"她对哥白尼天文台一无所知,但是也无害。"

"我们可以吸收她。"

"请放她走,拜托……"

梅尔维尔倒了下去,三个学生从他身上跨过,直奔奥拉迪尼小姐而去。

奥拉迪尼做了一件事——与布伦特伍德那位罗夫莱斯夫人的谈话、健康安全条款,以及她一分钟能打100个词的职业技能都没能帮她做好准备——她转身就逃,冲出厨房,跑到走廊上,穿过天文台的众多办公室。她知道自己必须跑快点,才能活命。

出租车开过伯爵宫廷展览中心的时候,博士忽然敲了敲出租车玻璃,问司机道:"能在这里停一分钟吗?"

"怎么了?"多娜问。此时出租车减速了。

"嗯,那个……你还是直接回家吧,我需要司机带我去别的地方。"

"奇斯威克大道?"

博士皱皱眉,这才想起塔迪斯就停放在那里,"不,是要去稍远一点的地方。"

多娜明白了,"你要去找打电话的那个朋友,天文台那位,叫科波·克尼克斯还是什么的那个。"

"到底去哪里,伙计?"司机不耐烦了。

"艾塞克斯。沿着A127号公路走就行。"

"大半夜去艾塞克斯?我住在彭斯格林,跟你们说了我要回家。"司机生气地说。

"你从艾塞克斯回家也不会花太长时间,对不对,伙计?"多娜很不客气地说,"车费是多少?博士身上肯定没什么钱。我刚刚资助了外公,现在估计还得资助博士。"

"一百镑。"

"好吧。"博士说。

"好吧?"多娜抗议道,"一百镑怎么可能'好吧'?!"

博士没管她,而是靠近司机,"我需要快些去艾塞克斯。"

"一百二十镑。"

"多少都行。"博士叹了口气,"多娜,我明天再来找你。你另外叫一辆车回家好吗?还有,多娜……"

"什么?"

"你有一百二十镑吗?"

多娜看上去想要狠揍博士了,但最终她恶狠狠地对司机说:"去艾塞克斯。路过取款机的时候停一下。"

博士扬起一边眉毛,"多娜?"

"亲爱的,"多娜笑了,"既然你要我出那一百多块钱,我当然要一起去看看那台时髦的射电天文望远镜。"

博士立马高兴起来,"其实我一直在等你说这话呢。"

出租车朝肯辛顿方向开去,博士和多娜开始做计划。

威尔弗和妮蒂向阿里阿德涅告别,并且为晚宴的草草收场而道歉。

"我们很快还要再举办一次聚会,"阿里阿德涅·霍尔特对他们说,"到时候你要认真地做一次致辞才行。"

"真是抱歉,我们不得不马上离开。"威尔弗编了个谎话,

"出了点儿事,我必须送古德哈特小姐回家。请原谅。"

"没什么,"科洛斯兰拍拍他的后背,"晚宴……不,下周的聚会应该没什么借口了吧?"

威尔弗一脸僵硬的笑容,他的眼睛里也没有丝毫笑意,"我很乐意参加。"他说。

妮蒂凑过来低声安抚他:"他们都会没事的,博士知道该怎么办。"

威尔弗朝她笑笑,尽量显得轻松一些。

他觉得,自己可能应该跟博士他们一道走。

另外一方面,半夜就他自己一个人回家,绝对会被希尔维亚责怪一通。

出租车开进公共停车场的时候,整个哥白尼天文台一片漆黑。多娜把钱拿给抱怨不休的司机后,司机立即飞速往伦敦方向开去。

"能不能问一下,我们要怎么从这里回家?"他们摸黑走着的时候,多娜小声问道,"这里离伦敦挺远的。"

"走回去?"

多娜戳戳他的肩膀,博士转过去,她微微低下头,示意博士看她的打扮。

"你看起来可真漂亮。"博士一边微笑,一边把他的眼镜戴上。

"多谢你,卡萨诺瓦[1],但这不是重点。我穿着晚礼服,从头到脚打扮得漂漂亮亮,可不是为了徒步四十英里横穿英格兰。"她叹了口气,"衣服是我借来的,你知道的。要是把它弄坏了,维娜绝对饶不了我。要是我告诉她是你害我走了那么远的路,天知道她会把你怎样。"

"那就别告诉她。"

多娜无奈地换了一个话题,"那好吧。可我们为什么要到这里来?为什么灯都关了?如果这里是天文台,晚上这个时间不该是工作最繁忙的时候吗?"

"问得好,观察得很到位。所以咱们才要钻过停车场和绿化带,绕进去看个究竟,绝不能大摇大摆地从正门进去。"

"我以为你的朋友在这里工作。"

"确实是。"

"那我们为什么不直接从大门进去,打个招呼说:'你好,博士的朋友,我们接到电话就赶过来了。'?"

博士看着对面员工停车场里的一辆车,"你觉得那辆车是怎么回事?"

多娜在黑暗中睁大了眼睛,"他们一定是不知道该怎么把车

---

[1] 贾科莫·卡萨诺瓦,极富传奇色彩的意大利冒险家、作家,"追寻女色的风流才子"、十八世纪享誉欧洲的大情圣。

停好。"

"还有呢?"

"他们弄坏了草坪?"

"还有呢?"

"……车灯发出的光正在减弱?"

"没错。"

"所以呢?"

博士笑了,"再仔细想想。那辆车看起来新旧如何?"

"车子还很新。这样想来,车灯没关,车子应该发出过警报,可他们没去管它;不过,如果车子真的很新的话,车灯就应该能亮很久。前几年爸爸忘了关车灯,他那辆老爷车停了一整夜,而灯到第二天早上还大亮着,车子也还好好的。"

博士走到那辆车旁,用音速起子扫描了车身,"局部能量大量耗损。"他低声说道。

多娜拍拍他的胳膊,"喂,看见那个了吗?"

博士循着她的目光看去,天空中有一张星星组成的冷笑着的脸。"刚才我们一路过来的大道上,城市的灯光掩盖了它。"博士平静地说。

"烟火表演?"

"希望大家都这么想吧。"他回答道。

"那就不是烟火表演了。"

"不是烟火表演,"博士说,"是混沌体开始工作了。"

"通俗来讲,混沌体究竟是什么东西?"

博士耸耸肩,"不知道。你外公昨晚向我介绍了这个概念。但是,一颗新星能吸引别的星星穿过宇宙形成这样的排列?我必须说,这真是有点混沌不清了。"

"我也这么觉得。"多娜来到天文台的大门处,"外面没什么特别的发现吧?"她看了看门上的一连串门铃,按下了"紧急情况专用"的那一个。

没有任何反应。

"局部能量耗损,是这个词吧?"多娜朝博士笑了笑。

博士叹了口气,来到她身边,用音速起子开了锁,推开门。

屋里也是一片漆黑。

"你的这位教授朋友是什么人呢?"

博士用音速起子上的蓝光照明,辨认着办公室门上的名牌。"我是在几年前认识他的。有时候我需要这颗星球上的专业人士帮忙,就会去找他或者其他几位。同样地,他们要找我的时候可以给我打电话。"博士指指天花板,"梅尔维尔教授的办公室在楼上。望远镜的控制室在屋子后面,要穿过花园左拐。"

"我们是去无聊的办公室呢,还是去看时髦的望远镜?"

博士微微一笑,他的脸在音速起子的蓝光中宛如幽灵一样闪烁着。

"你是在引导我做抉择吗,多娜·诺伯尔?"

"当然不是了,望远镜博士。我做梦都不会想要引导你去什么地方做什么,比如去看望远镜。"

博士不置可否地瞥了她一眼。她笑了,说:"好吧,我这招不怎么灵光。"

"出于某种原因,我也觉得我们应该去检查一下望远镜。"

"真的吗?这简直就像戴伦·布朗[1]在这间屋子里变戏法,完成了我的愿望一样。"多娜笑道。

他们沿着前门的走廊一直走,很快来到一组落地窗前,尽头就是天井。

博士用音速起子打开落地窗,他们重新来到户外夜晚的凉爽空气中。

又走了一段,多娜突然说:"我们被监视了。"

"你怎么知道?"

"我的汗毛都竖起来了,"多娜回答,"或者说,我看到他们就在前头。"

博士朝着黑暗中努力看去。

一群男女就站在望远镜阵列的入口处。

多娜看了看金属架子的楼梯,上面有条走道通往控制室,控

---

[1] 英国的心理学研究者和魔术师,在二十一世纪初因多个魔术秀而名声大噪。

制室上方是巨大的碗状雷达天线,那就是望远镜主体。

"好厉害。"她说。

"那些人吗?"

"不,我是说望远镜。我之前只在电视上见过射电望远镜。真厉害。"她突然招呼那群人,"你们的碗状雷达真壮观,感谢让我们参观!这边有纪念品商店吗?我想给我的外公买个印了望远镜照片的马克杯或者冰箱贴。"

"或者茶巾。"博士顺着她的话说道,"你们有茶巾吗?最近好像很流行茶巾。我也不懂为什么要买纪念品茶巾,总之是要买一个。"

那群人没有回答。

"我在找梅尔维尔教授,"博士继续说道,"他在这儿吗?他还好吗?"

一个脸上有疤的矮个子站了出来。

"是这个人吗?"多娜小声问。

博士摇摇头,"不是。很遗憾。"

"非常好。"那个男人说话了,他英文很标准,但是有一点点轻微的口音。他拖长了声音说道,"你就是博士。"

"为什么这么说?"

"我们能够感觉到你不完全是……人类。"

"不完全?"博士非常不满,"我完全不是人类,谢谢。人类是更恐怖的物种,不停地争吵抱怨的那种。"

"喂!"多娜冲他吼道。

"听到了吗?人类的喉咙就只会用来发出这种噪音,啊哈,他们的流行音乐也是这么嚎出来的。我是说,我知道我已经一把年纪了,但是有时候,还是分不清那些孩子究竟是男是女,也完全听不懂歌词在唱什么,不是吗?然后还有食物。你吃过人类的汉堡包吗?"

一个年长者抬起手臂,示意博士别喋喋不休了。于是他闭上了嘴,却又微笑着说:"我可以说上一整夜,不过你肯定不耐烦听这些。所以我们还是来谈谈正事吧,你为什么控制了这些人的意识?"

"这是我们的家族。"矮个子回答道。

博士看了一眼多娜,多娜明白这不是博士想听到的回答。他又问道:"他们的血统也一致吗?"

"这里四个人类的家系可以追溯到历史上的某个特定地点。所以我才有力量控制他们。"

"其他人呢?"

"是苦力、奴隶和自愿被我控制的仆人。"

"自愿?真的吗?那倒是不错。但不是真的,对不对?如果你非要说是自愿也行。"博士朝他们走去,多娜跟在他身后。"好吧,你们是从什么地方来的?"他指指天上的那张脸,"我估计跟那个有关。"

脸上有疤的矮个子耸耸肩,"一切都尽在我们的掌握,博士,德尔斐女士要和你通话。"

他突然抬手指向博士的方向,多娜还来不及出声,一道强烈的紫红色闪电就从他的指尖闪现,正中博士胸膛。冲击之下,博士倒退了好几步。

多娜伸手扶住他的时候,他几乎失去了知觉。"快跑……警告所有人……"他只说了这几个字,随后眼睛一翻,胸口规律的呼吸起伏变成了失去知觉时的缓慢蠕动。

多娜知道,除了按博士说的去办,自己没有任何其他办法。她必须去找人帮忙。

"那个人类呢?"其中一个问。

"杀了她。"矮个子回答,多娜看到其他人也抬起了胳膊。

"今天就算了,谢谢!"她一边大声说着,一边朝身后的落地窗退去,接着以S形路线飞奔起来。紫色的能量束击中了她身边的树木。

当她跑到落地窗边时,窗上的金属和玻璃炸开了。

多娜用胳膊护住脸,穿过爆炸的碎片冲进了漆黑一片的宅子。她跑到大厅,看到一座通往楼上的巨大木质楼梯。

"跟拍电影似的。"她低声咕哝道。她来到楼梯后方,那里有一扇门通往地窖。

多娜拧开门，数到三，再奋力地大声把门关上。然后，她悄悄溜进旁边的一间办公室里。

片刻之后，外面有几个人寻声追了过来。她看到其中两个人进了地窖，留下一个守在门口。该死，她本来希望所有人都去地窖，这样就能把他们都关起来了。

负责守卫的那人四下看了看，多娜格外担心他发现自己。不过接着，一个她之前从没见过的人突然扑向守卫，把他重重地撞飞到墙上。

新来的人又迅速把椅子卡在地窖的门把手上，就像多娜计划的那样，把之前的两个人关在了地窖里。接着她朝多娜喊："快过来！"

多娜朝她的新伙伴跑去，跟着她来到走廊上。

"厨房……"那人喘着气，"这边……"

后头发生了小规模的爆炸，多娜估计是那两人把地窖门炸开了。"还是拖了他们好一会儿。"多娜笑着说，"我叫多娜·诺伯尔。"

"我是奥拉迪尼。"奥拉迪尼小姐飞快地说，"很高兴见到你。车呢？"

"我打车来的。"

"不，我是说他们的车。"

"值得一试！"

她们穿过厨房,来到员工停车场,直奔那辆被遗弃的车。多娜坐上驾驶位。

"钥匙呢?"奥拉迪尼小姐问。

"没钥匙,"多娜回答道,"生活从来就是这么不方便。"

奥拉迪尼小姐从仪表盘下面扯出一把线来。"小时候曾误入歧途。"她说。

引擎慢吞吞地发动了,接着又熄火了。

"再来一次,"多娜催促道,"要是还不行就马上放弃。他们已经知道我们在哪里了。"

奥拉迪尼小姐尝试了热线发动,但还是不行。

追赶她们的人出现在了厨房门口,高举着胳膊。

"跑!"多娜大喊着从车上跳下来远远跑了出去。紫色的能量束把车子彻底炸毁了。

多娜躺在灌木丛里,维娜借给她的裙子已经变得破破烂烂。"我死定了。"她低声对自己说。

奥拉迪尼小姐也不见了。被炸毁的车子在她眼前熊熊燃烧,多娜什么都看不清。

她忽然看见远处墙边停着一辆自行车。

"这不是在逗我吧?"她一边嘀咕一边看看自己的衣服,"不过不入虎穴焉得虎子。"

她偷偷穿过草坪去拿自行车,希望让她看不清敌人在哪儿的火焰也能够掩护住自己,不让追杀的人发现她。

多娜再次找了一下奥拉迪尼小姐,却忽然非常悲伤地意识到,说不定那辆车已经成了她的火葬场。她很快拿到自行车,蹬上它摇摇晃晃地沿着小路骑行,似乎在温习骑车技巧,接着转上大路全速前进。

她不可能骑车返回奇斯威克,那得要三天时间,但是她可以骑到附近的城镇去。

就在多娜拼命蹬车时,那辆燃烧的汽车照亮了她身后哥白尼天文台的正面,火焰映在房屋的窗上,但却完全没有人的踪迹。

星期天

多娜小的时候听到过一句名言——"一声枪声响彻世界",是说肯尼迪总统遇刺事件影响到了整个西方世界。人们都说能清楚地记得暗杀当时自己在哪儿。

作为生在七十年代的小孩,多娜小时候听得最多的话题是登月、肯尼迪和马丁·路德·金遇刺,以及温斯顿·丘吉尔的国葬,但她实际上一直没怎么弄明白这些事。她的童年时代其实是由弹跳球、唐尼·奥斯蒙[1]、哈雷摩托和绿盾邮票[2]组成的,而"闪击战""定量配给""炸土豆卷心菜"则意味着老年人又在对二十年前的生活忆苦思甜,念叨年轻人不知道人生疾苦了。

多娜第一次开始念叨这种话,是在一个邻居家小孩划坏了她已故爸爸车子的时候。多娜被自己震惊了。也是在那个时候,她意识到她在青少年时期嘲笑父母和祖父母的那些东西,如今已在她自己身上悄然出现。现在,她最喜欢听威尔弗外公讲二战时期

---

1. 二十世纪七十年代初的英国流行歌手。
2. 一种鼓励购物的优惠券,二十世纪六七十年代在英国风靡一时。

他在伞兵部队的故事，以及艾琳外婆当地勤人员时的故事。

今天是个和1963年11月22日差不多的日子——另一个"枪声响彻世界"的日子。

老实说，这个星期天从一开始就不大好。多娜在床上醒了过来（挺好的），但她其实只睡了两个小时（不好）。

维娜那条破裙子还扔在地上（不好），旁边是一张出租车的收据（不好——她能找谁报销呢？），路程是从一个叫南伍德汉姆费勒斯的地方到奇斯威克。收据上的金额高达二百二十五英镑（非常非常不好——她彻底身无分文了）。她回家的时候，威尔弗还醒着（非常好），于是，多娜把哥白尼天文台发生的一切都告诉他了。威尔弗紧紧拥抱了她，向她保证一定会想办法救回博士，然后让多娜去好好睡一觉平复情绪。

她现在对自己非常生气——自己居然就那么把博士扔在了天文台（很不好），而博士从来没有把她扔下过。但她不过是做了个务实的选择，博士让她快跑，这是对的，因为不跑的话，她已经被杀掉了（绝对很不好）。

多娜觉得自己简直快要累死了，但是她必须找人帮忙，并且返回天文台。

也许她可以找到玛莎·琼斯和她在UNIT[1]的同伴——她很喜

---

1. 联合情报特派组，《神秘博士》中虚构的军事组织，负责研究、反击对地球造成威胁的外星人与一切超自然事物。

欢玛莎,也知道玛莎肯定会立即来帮她。

她走下楼梯,翻开黄页找字母U,结果突然想起来,UNIT不可能把电话号码登记在黄页上,更不可能在后面注明"军事组织,专业消灭火星人"(既不好也不坏,只是有点好笑)。

"早安,小姐,"希尔维亚·诺伯尔突然穿过门厅走了过来,"昨晚我很担心你。"

"为什么?"

"好吧,我也不知道。和博士去夜店闹腾到天亮才回家?你几岁了?你要是才二十一岁,去夜店倒是不错,但是你再过几个生日都人到中年了——"

"喂!"

"不论如何,重点在于,你该长大了,小姐。"

"谢谢,妈妈。我太老了,不能再去夜店。同时我还太小,必须和妈妈住在一起。明白。"

"没人逼你住在这儿。"希尔维亚说着递给她一杯茶,"你现在无所事事,动不动就和长腿叔叔跑出去好几个星期。"希尔维亚扯扯她的睡衣,帮她把带子系好,把衣领扯平,"他今天在哪儿呢?肯定又拉你外公去山上的菜园了吧。今早很冷,你外公忘了带保温杯。"希尔维亚舔了一下食指,把多娜脸上的印子擦掉,"不过我觉得他们到中午午饭时就会回来。今天吃周末烤肉和花色配菜怎么样?哈!想得美!我跟你说,开心洛克餐厅正在搞优惠，十块钱全场自助，我们是去那里，宝贝女儿。我成天忙活着准备牛肉和约克郡布丁的日子，跟着你爸爸一去不复返了。"希尔维亚说着帮她把头发别到耳朵后面，轻弹了一下她的刘海，"昨晚有人给你留了张纸条。你外公回来的时候把我吵醒了，然后我就发现了那张纸条。我没看，但我知道那是卡恩斯家的孩子送来的，博士老是说到他们。"

多娜想问，既然她没去看，怎么知道是卡恩斯家的孩子送来的？但是这么一问就会引发无穷的话题——从多娜十二岁的时候教务主任的纸条，到多娜十五岁时马丁·哈特的纸条，以及究竟是谁先看了别人的纸条，等等。总之，她决定闭嘴。

多娜也因烤牛肉和约克郡布丁感到心痛——它们曾覆盖着极好的酱汁，像被妈妈施了魔法般地端出来。

她突然很想回到十岁。爸爸做着木工，外公和外婆一整天都在谈论着火车时刻表、汽车爱好者俱乐部，以及怎么去温莎公园远足。

她很想哭。

"妈妈？"

"怎么了？"

"我想爸爸了。"

希尔维亚抱住了女儿，她已经很久没有这样抱着多娜了。可随后她似乎想起，在这个脾气任性的女儿心里，希尔维亚·诺伯尔并不是那种温暖可亲的妈妈，而是经常不满、顽固不化，于是她又放开了多娜。

不过，多娜已经很开心了，因为妈妈发自内心的一个拥抱。

"请给你外公打个电话，问他什么时候回来，再问问博士来不来一起吃饭。"

"妮蒂呢？"

（哇，超级不好）

"如果非叫上她不可的话，那就叫上吧。"

必须转换心情，多娜赶紧推开门查看天气。

"妈妈，你为什么说外公去了菜园？"

"不然他还能去干吗？不是去菜园就是去找妮蒂，总之这两者都一样。"

多娜看了妈妈一眼，希尔维亚也察觉到这话有失体面，有点不好意思，"抱歉，一个人待太久了。我都快忘了有些话可以大声说给自己听，但是不该让别人听见。"

"等会儿再说你和妮蒂吧。外公把车开走了，他去菜园可不需要开车。"

希尔维亚皱了一下眉头，"他没说过他要用车，他只说去见见博士。"

"所以你以为他们在菜园？"

"对啊，就跟那天晚上一样。"

多娜赶紧拨打外公的手机,但是对方关机。那小老头儿肯定是去了哥白尼天文台。他居然丢下多娜自己去了。

这就是"响彻世界的枪声"发生的那一刻。

多娜此后一直记得当时的情况,她穿着睡衣,站在半开的门前,手里拿着卡恩斯家的小孩给她写的纸条(而她本人还没读),看着外头空荡荡的停车位,妈妈就站在她身后。电话黄页的旁边有一杯刚沏好的茶。莱特尔老先生正在马路对面遛狗,那是只黑色的小杂种狗,总有种湿乎乎的毛皮味道。左边,她的眼角扫到一辆停着的蓝色货车。

以及,蓝色的天空被一道巨大的、强烈的、令人惊骇的光束占据了,光束的边缘布满了模糊的紫色闪光。

多娜听见妈妈说:"啊,我的天,又来了,这天上怎么又着火了?"

但那其实并不是火。只是一道光束,伴随着像是煤气灶上火焰燃烧的声音,只不过音量提升到了一万分贝而已。

多娜知道那道光束与地面相接的位置——就在奇斯威克西边——肯定发生了某些骇人的事。她不知道的是,全世界范围内,无论哪个时区,都出现了同样的热能光束。

由星星组成的恶意注视一切的脸依然挂在天上,那一丝诡异的笑容变得更加明显了。

"妈妈,马上回房间。锁上门,除了我、外公和博士以外不准任何人进屋。一定要准许博士进来。"

"为什么博士要特别对待？"

"你保证照办就好了，可以吗？"

"好吧。"希尔维亚说，"你去哪儿？"

"我要去找博士，找到他和外公两个人。"

"他们不是在一起的吗？"

"我就怕他们没在一起。"

"你不能就这身打扮出门。"

多娜这才发现自己还穿着睡衣，于是赶快上楼，一进自己房间她就把睡衣扔了。

"不准把衣服扔在地上！"希尔维亚在下面喊道。

多娜叹了口气，捡起衣服挂在门后的钩子上。

"事有轻重缓急啊，妈妈。"她小声说。

她穿上T恤，套了一件此前绝不会穿的运动服，现在她只求暖和就可以了。然后她下楼拿上厚外套。

街上似乎充满了人和车子的喧哗。大家都看到了光束，也看到了天上那张吓人的脸。

再过半个小时，大家就该恐慌了，然后到处都会是骚乱浩劫，到处都会有警察。她必须马上离开伦敦。

"没车。"她暗暗咒骂。

但是当她打开前门的时候——一辆蓝色货车出现在视野里。

不行。不行啊,多娜·诺伯尔。这可不好。

她站在驾驶室的窗边往里看:有仪表盘。没车钥匙。门已经锁上了。

可怜的奥拉迪尼小姐通过热线发动车子时看起来那么简单,可多娜压根儿不知道该怎么做。

这下好了。

她试着拉了一下车门。

门开了。

她看了看街上,混乱人群里没人冲她大喊大叫,也没人说车是自己的。

她跳上驾驶座,把手伸到座位下面调整了一下位置和高度。天知道为什么——她什么地方也去不了。这年头怎么可能有人笨到把钥匙留在一辆没上锁的车子里?

结果她伸手一摸,却拿到了一把车钥匙。

"我想要三轮车、小马和一辈子吃不完的牛奶巧克力!"她大声说出自己八岁时的圣诞节愿望,然后再次去摸座位下面。

没有小马,没有三轮车,连融化的巧克力都没有。

但是有钥匙——那也很好了。

她倒了个车,很快就朝着奇斯威克大道开了出去,准备在十二小时之内第二次去艾塞克斯。

她通过倒车镜最后看了一眼自己家的房子,然后就转弯急速开走了,她希望妈妈没有看见她开走人家的车。因为她会被狠狠教训一顿,而且教训得完全在理。

她还没开上主干道,就看见街上的人都凝望着天空,并不停地指指点点。尖锐的警报声传来,一辆辆救护车、警车和消防车在她身边呼啸而过,朝着奇斯威克西边靠近M4的方向开去。

那是紫色光柱和地面相接的位置。

她则往伦敦方向跑,就星期天来说,这个方向的车流真的算相对稀少。

多娜忽然注意到,街道两边遍布的电子产品商店门口聚集着乌泱乌泱的人群。她小时候,奇斯威克大道两边基本上就只有咖啡馆和商店展示橱窗,现在却被卖电子产品的商店占满,真是奇怪。她想到博士说过,曾在其中某一家店里遇到了卡恩斯兄弟。

所有这些念头只在她脑海中一闪而过,因为接下来,她就看到了近在眼前的卢卡斯和乔伊。

他们似乎在等她。

他们真的是在等她。

他们就站在路中间——前一分钟路上还空空如也,接着两个小孩就突然出现了。

多娜踩下刹车,还好不至于急刹,她平稳地停了下来。不过,后面一辆车还是冲她大按喇叭。

"嗨,大过节的你想惹点麻烦吗,美女?"

她也冲着后面吼,"你滚一边自己玩儿去——"

车子后座的门打开,乔伊和卢卡斯上了车。

"乔伊说我们要去一个叫作哥白尼的地方,"卢卡斯小声说,"他还知道你现在会出现在这里。"

"他当然知道。"多娜一边说着一边往前开,刚才那个冲她发火的司机现在已经超过她了,还朝她竖了个中指。多娜耸耸肩,往汉默史密斯方向开去。"早上好,乔伊。"她对后座上的男孩子说。

乔伊没有回答,而是从口袋里掏出了一个东西。

"那是什么?新款Mp3的玩意儿吗?"

"这是个M-TEK。"卢卡斯帮乔伊回答。

"那是什么?"多娜想努力表现得感兴趣,但是其实毫无兴趣。她正在琢磨他俩为什么会知道自己要去天文台。

"是M-TEK告诉了乔伊你要去哪里,"卢卡斯继续说,"它会跟他说话。"

这算是解答了多娜的疑惑,但是同时又产生了一大堆新问题。"之前也是M-TEK把博士的名字告诉乔伊的吗?"

卢卡斯耸耸肩,"不知道。商店里的人送给他的。据说是试用版,免费赠送十个。还说这个很适合乔伊用。我一直不知道这事,回家之后才发现乔伊往里面下载了音乐。"

多娜似乎明白了,但其实又完全没明白。你和博士一起旅行的话，就会变得很容易以"正常人不会明白"的态度，去接受一些根本不可能弄明白的事。

所以说，是M-TEK让乔伊·卡恩斯知道了很多事情。或者说，是M-TEK告诉了乔伊很多事情。这些事情还引起了博士的注意。

"你们爸爸没说过不要收陌生人送的东西吗？"

"我的爸爸说过。"卢卡斯说着看了乔伊一眼，"乔伊的爸爸没能陪他太久。"

呃，多娜心想，聊到死胡同了。她一个急转弯冲到汉默史密斯的环岛路口，结果又有人朝她按喇叭。可能和之前是同一个司机，不过多娜没注意。她从环岛上转到泰加斯路。

路上很空。真的很空。泰加斯路是一条通往伦敦市中心的六车道大路。经过伯爵宫廷、骑士桥、海德公园，最终到皮卡迪利。开到皮卡迪利一般要二十分钟，如果是星期天午餐期间要半小时，而且是在路面没有施工时。但今天多娜慢慢地开，只开了十分钟就到了。

仿佛全伦敦的人都走了……不，他们是去看那个东西了。那个光柱。他们都往紫色光柱的地方去了。

人们急着赶去看热闹，也许想要第一时间用手机拍下现场，并炫耀说"看哪，近在眼前的大屠杀！"甚至更吓人的话？然而为什么多娜一点也不想去？

"请原谅,孩子们,我们还要违反一下交通规则……"多娜掏出手机,边开车边打给妈妈。没人接。

这可不好。

所以,现在她开着一辆偷来的汽车,正穿过荒凉的伦敦市区,去往最危险的艾塞克斯,将要从一群刽子手的手中挽救外公和博士,但是自己却联系不上家人,而且旁边还有两个被诅咒的孩子。

"这下好了,博士。"多娜自言自语道。

在距离多娜和卡恩斯兄弟二十多英里处,一大群警察和救护车正聚集在莱斯利普森林地区,还来了很多希灵登皇家空军基地紧急救援的士兵。

那束巨大的白热能量柱击中了树林——而且是英国最受保护的一片树林,然而那片地方现在已没什么可保护的了。能量束造成了一个直径四分之一英里的大坑,破坏了大量树木、草坪和灌木。一团烟雾飘荡在早晨的空气中,一大群惊愕的闲杂人等在围观,有些人很好奇,有些人很震惊,但绝大多数人都很害怕。

是坠机?还是基地组织的爆炸行动?是皇家空军基地出现了事故?有伤亡人员吗?天哪,我家孩子经常在那边玩儿呢!抱歉,你看到我的狗了吗?是一条有拉布拉多血统的狗狗。抱歉,你看到我丈夫了吗?他出去跑步了。你们看到天上那张可怕的脸了吗？是电影拍外景吗？我就说爱尔兰共和军从没消停过。

艾莉森·皮尔斯警官一边努力控制群众和她手下的警员，一边带着紧急救援队穿过人群。本来在星期天早晨开始值班是挺不错的选择——上夜班的话三个孩子就没人照顾了，但如果是星期天，她妈妈就可以来帮忙看孩子。她一般晚上十点回家，正好哄孩子们睡觉，第二天早上再送他们上学。然而现在，她只能给自己亲爱的妈妈打电话，告诉她今后几天时间，孩子们都需要祖母照料。光是这件事的文书工作就够她忙的——那还是如果她可以从现场抽身离开的话。

"喂！你！打扰一下！"她朝一个打算越过红白警戒线的年轻人喊道，"先生？你不能穿过……"

那人没理她。于是皮尔斯警官拿出对讲机叫了几个同事，她自己则从警戒线下面穿过去追上那人。

"欢迎回来。"他……不知道在对谁说话。他面前是一堆树木烧尽之后留下的白灰，天知道燃烧的还有别的什么东西。

"先生，我要你马上退到警戒线外！这是犯罪现场！"

那人没理她。皮尔斯注意到，另外还有五个人也从不同方向聚拢过来了。"各位，"她对着对讲机说，"发生什么了？"

其中一位巡警回复了她："我们阻拦不了那些人，警官，他们甩掉我们了。"

皮尔斯叹了口气，她走到那个人旁边，那人现在正跪着摸满地的灰尘。

"欢迎回来。"他说。

他接触到地面,与此同时,皮尔斯拉住了他的胳膊。

一阵强烈的电流袭来,随后她发现,自己已经弹到了好几英尺之外,仰面朝天地躺在地上。她摇摇头,想要清醒一点。

那人现在站了起来,又回到了大坑旁边。

皮尔斯发现,现在总共有七个人在干着同样的事。他们似乎在保护这片地方。

刚才和她通话的巡警就在她旁边。"你还好吗,警官?"他说着把皮尔斯扶了起来。

她推开他,"我没事,史蒂夫。那些人是怎么回事?"史蒂夫·道格拉斯耸耸肩。皮尔斯试了试自己的对讲机,但只收到静电噪音。

道格拉斯也试了试自己的对讲机,也是一样。"好吧,这可真奇怪了。"他说。

皮尔斯警官退回到警戒线外,她让道格拉斯待命并盯着那些人,"但是不要靠近。"

消防员和警官越来越多,她赶忙回到人群中,她的主管也在其中。"长官,我们遇到状况了。"她报告了那七个人聚在坑边的情况。

夏奇力警长皱起眉头往禁区走,"让平民离远点,警官。警戒线再往外移动六米。"

她点点头,但是对讲机依然没有回应。夏奇力试了试自己的对讲机,也没有回应。

"十分钟前还是好的。"他小声说。

"我的也是。"皮尔斯说,"可能是被某种电流干扰了。"

"你为什么这么说?"

她把自己被那人电击的事情描述了一遍。

"你去找医务人员,警官。"

"我很好,先生……"她刚说了几个字,就被长官挥挥手打断了。

"延发反应,警官,你得让其他遭受电击的人也去看医生。如果医生说你没事,我等会儿就去见你。"他朝着她笑了笑,"好吗?"

皮尔斯警官耸耸肩,往救护车方向走去,她听见夏奇力在高声命令把警戒线往外挪。

她到了医务人员面前,这个时候某种……某种本能似的反应促使她回头看。而一瞬间,她看到了好像电影中慢镜头似的场景——很多件事情同时发生,她不知道究竟是自己看清了所有的事,还是大脑事后把所有碎片拼凑了起来。

一道闪电似的紫色闪光击中人群,所有人都倒在了地上。

巡警史蒂夫·道格拉斯不见了,虽然有那么一瞬间,皮尔斯觉得自己看到他伸出双手护住头部，然后他——不，是他的骨架——出现了一会儿，接着他就完全消失了。

七个"护卫"没有了人群的遮挡，都相互伸出手臂，紫色的电光像绳子一样把他们连接起来。

夏奇力警官抓住旁边几个警员，一起用橄榄球擒杀姿势趴在地上，他们大概是捡回了一条命。

天空中陡然出现了一道光芒，仿佛是从云层中照下来的日光，皮尔斯确信那一刻天空是紫色的。

接着，一切都结束了。似乎。

人们爬起来纷纷跑远，没有任何人愿意靠近那些不知是何物的带电物。某种意义上来说，大家都跑了也是好事，但是场面非常混乱，非常危险。如果有一个人摔倒……她想起二战时期伦敦东区地铁通道用作空袭避难所时发生的事故：惊慌的人群跑下楼梯，有一个女人摔倒了，于是整个人群都摔倒了，那场踩踏事故中大约有两百人死亡。

眼前就是一场骚乱，虽然不是在密闭空间中，但同样会有致命的危险发生。她看见夏奇力站了起来，喊周围的警官一起帮忙维持秩序。夏奇力看向史蒂芬·道格拉斯之前所在的地方——他显然也看见了刚才的情况——然后又望向皮尔斯。

皮尔斯挥手示意医护人员离开，跑到警官旁边。"到底怎么回事？"她轻语道。

他指了指那七个"护卫"所在的大坑。"他们好像希望我们从这里离开。"他看着私下奔逃的人群,"有伤亡吗?"

皮尔斯也看了一眼史蒂夫刚才所在的位置。

"我们怎么知道?"她说道,"毕竟史蒂夫·道格拉斯尸骨未存。"

夏奇力看着她的眼睛,"所以我们才要知道还有没有别的受害者。如果我们指控他们谋杀了一个人,就要让他们也为杀害其他人负责。"

这时,他们的对讲机不约而同哔哔作响,恢复了正常。

"全世界所有地方的所有人,大家早上好。"那是个女性的声音,说的是清晰而标准的英语,"我是德尔斐女士,从今以后,你们只需要听我一个人的声音。我通过所有的波段——全世界所有的广播、电视、电脑、掌上电脑——向你们讲话。你们现在已经见识了我的能力,也知道我将要做什么事。这颗星球从此将由我来主宰。你们将会回到自己那沉闷乏味的日常生活中,等着我告诉你们下一步要做什么。现在,我放你们回归各自的日程。哦对了,抱歉,那些正在不同国家录制《老大哥》[1]节目的人除外。抱歉,那档节目里,所有的参赛者和主持人都死了。你们可以以后再感谢我。"

---

1. 著名真人秀节目,1997年起源于荷兰,而后在欧美多个国家流行。参赛者生活在隔离的房子里,没有电视、广播和互联网,不允许与外界沟通。

两位警官看了看站在大坑边上的七个人,紫色的电光正把他们连在一起。

"告诉你一件事,长官。"艾莉森·皮尔斯望向天上,望向这一切事情开始的地方。

"怎么了?"

"天上那张吓人的脸不见了。"

奥拉迪尼小姐正在认真考虑要不要提交辞呈。这工作没什么好的,却要冒这么大的风险,真是很不值得。

昨天晚上她被人追杀,四周电闪雷鸣,她还差点被烧死在一辆车里。最糟糕的是,有人偷走了她的自行车。她希望最好是被昨晚跟她一起上车的那位红头发姑娘骑走了,那样的话,至少说明她也逃过了爆炸。

奥拉迪尼小姐也不知道自己是怎么逃生的。总之就是在地上滚啊滚,不顾高温跑进树丛,屏住呼吸躲了大概一两分钟,但感觉似乎有一小时之久。然后,追她们的人以为她们两个都死了。

她不知道哥白尼天文台究竟发生了什么——她显然是休克了过去,躺在这座老房子的草地上昏迷了很久。再次醒来的时候,她又冷又饿,衣服还湿乎乎的。

还少了一辆自行车。

她等了一会儿,确保没人监视自己,然后才回房间取暖。

几分钟后,她找到了几件别人不要的外套。她知道自己的体能已近极限,确实很需要衣服来遮体保暖。

她把几件外套叠着穿上,然后去了一个壁橱。她可以藏在这里,而且这里又窄又挤,能够留住她身上的热气。她又在桌上找到了半瓶水,于是也拿上了。

又过了几个小时,她觉得自己好多了,于是离开房间看外面还有没有人,也不知道梅尔维尔教授是不是还和那些人在一起。

她悄悄穿过一条走廊,突如其来的广播、电视和电脑的声音把她吓了一跳。她听见了德尔斐女士的末日宣言,不禁觉得身上又冷了。

她基本上已经从昨晚的恐怖经历中恢复过来了。现在是白天,是时候离开天文台了,忘了梅尔维尔教授和那几个人,这件事超出了她能够处理的范围。而且,她估计无线电广播现在通了。必须让警察,甚至军队,了解这里发生了什么。于是,她慢慢靠近主楼梯。这时,突然伸出一只手捂住了她的嘴,不让她发出任何声音。

奥拉迪尼小姐还以为自己会就此完蛋。她就要死了。

"安静,小姐。"有人在她耳边说。

"我叫威尔弗莱德·莫特。我不想伤害你。"

来人把手拿开,奥拉迪尼小姐脱身后,打量起对方来。那是个老人,但显然并不衰弱。他的眼睛神采奕奕,闪烁着智慧,看起来似乎没有危险。

"你在这儿做什么?"她鼓起勇气问道。

"我外孙女昨晚在这里,她告诉我这里发生了一些事情。我现在在找博士。"

"外孙女?红头发?"

"对,那就是多娜。你一定是奥拉迪尼小姐了。多娜还以为你死了,你还好好的,她一定会很高兴。"

奥拉迪尼小姐拿不准该不该相信他。那些袭击了她的人也可能知道这些事。但是他们会不会知道……

"多娜怎么逃走的?"

"骑自行车。是你的车吗?她把那辆车留在了附近的警察局。南伍德汉姆费勒斯,应该是这个地方。"

他笑了笑,"昨天她很晚才回到家,我一直在等她。她把这里发生的事情都告诉了我,我先把她哄去睡觉,然后决定自己来一趟。"

奥拉迪尼小姐皱起眉头,"你不相信她?"

"我当然相信。多娜不会编瞎话。但是我要找到博士,也要保证多娜的安全。她受了很多罪,所以我趁她今早睡觉的时候就悄悄到这里来了。"他看了看自己的表,"现在她可能已经明白了是怎么回事,正在大吵大闹吧。"

奥拉迪尼小姐还是不太相信,但是这人看起来并不像那些僵尸似的怪人。"你在找一位博士？他叫什么？这里人人都是博士或者教授。"

"他跟多娜一起来的。瘦高个儿，头发乱七八糟。说话有点啰嗦。"

"说真的，莫特先生，哥白尼天文台的大多数人都这样。"

"叫我威尔弗就好。另外，不，博士不在天文台工作。他接到了梅尔维尔教授的电话，所以他和多娜才会半夜赶来。"

"昨晚大部分时间我都在东躲西藏，后来还被炸飞了。直到逃跑时我才撞见多娜，没看到是有人和她一起来的，抱歉。"

威尔弗似乎有点失望，"这样啊。我以为他一定在这里呢。我以为他是唯一一个能从德尔斐女士手中挽救我们的人，能让我们逃过刚才广播里说的那些厄运。"

"你为什么这么想？"

"这就像是他的使命。拯救我们。"

"他是牧师吗？"

威尔弗笑了，"不不，完全不是。那么，其他人在哪里？"

奥拉迪尼小姐耸耸肩，并且解释自己正想要离开。

"给我一刻钟时间，"威尔弗说，"如果找不到我的朋友，我就开车送你回去。怎么样？"

奥拉迪尼小姐认真权衡了一下，最终同意了。毕竟也没有更好的办法从这里离开，而且威尔弗·莫特看起来不是坏人。

她带着他下楼,穿过破碎的落地窗来到后花园,把射电望远镜指给他看,告诉他这里的一切都是围着它转的。

威尔弗点点头,"天上那张脸的轮廓完全是由星星构成的,对吗?我想博士可能会在观测台里。"

奥拉迪尼小姐颤抖了一下,拉紧了外套。"我不确定,"她轻声说,"但我不想再回那里去了。"

"为什么?"

奥拉迪尼小姐没有解释。有点不对劲儿,那地方平时看起来是个很适合工作的安全地方,但是现在……

威尔弗握住她的肩,"好吧,你在这里等着,我过去看一眼博士在不在。很快就回来。"

奥拉迪尼小姐看着他走过去,再次发起抖起来。刚刚她觉得,其实和那个怪老头在一起很安全,但现在她又孤身一人了。

她赶紧追上威尔弗,"入口在这边。"她说。

威尔弗朝她笑了,"谢谢你,姑娘。"他说,"老实说,我也不想一个人进去。"

他们都笑了。

"这么说多娜是你的外孙女?"奥拉迪尼小姐问,"真高兴知道她逃走了。"

"我也是。没有了她,我也就完了。让家人围绕在自己身边非常重要。"

奥拉迪尼小姐想了想,"我不知道我的家人在哪里。"她说,"大概在尼日利亚吧。"

"你们为什么会失去联系?"

她笑了笑,"我来到英国上大学,身份到期后,只好藏起来,然后跟中介签约,用假名找工作。很常见的情况吧,你应该知道的。"

"你很勇敢,"威尔弗说,"但是也很冒险。尤其是在这里工作。"

"就在政府的鼻子底下。"她补充道,"想要从雷达上消失,最好的办法就是藏在眼皮子底下,这是爸爸最后一次对我说的话。"

威尔弗表示同意,"战争期间间谍们都这样做。最好的隐蔽方式就是暴露在大众视线里,成为社会的一员,这样大家就都不会怀疑了。"

"我就是这样做的。但是现在看看我的下场吧。这辈子都有恐惧的心理阴影了。"

威尔弗眨眨眼睛,"你会没事的。"

他们来到观测台的门口。门半开着,他们悄悄走进去。

梅尔维尔教授死了,毫无疑问。他的脖子扭成了一个奇怪的角度。虽然奥拉迪尼小姐从没见过死人,但她还是能看出他已经死了。她捂住嘴不让自己哭出来。威尔弗检查了一下他的脉搏,最终轻轻把他的手放开了。

看样子，他是在操作望远镜引导系统的时候被杀的。奥拉迪尼小姐心想。毕竟人不可能扭断自己的脖子。

威尔弗爬上小梯子，来到上面一层安放望远镜主体的地方。这不是那种老式的管型望远镜，屋子里排列着计算机，和建筑顶端的雷达天线相连。

当奥拉迪尼小姐第一次来给可怜的教授当助手的时候，她真的很失望。一台巨型望远镜比一屋子的电脑浪漫多了啊。

她回头看了看教授的尸体，他的眼睛还盯着天花板，大概是想着老母亲和猫。

她之前最后一次看到教授的时候，心里怕得要命。而现在，她心里全是他的猫。

自从事情失控以来，她第一次哭了。

多娜狠狠地敲打着收音机按钮，总算找到了一个电台。

她不想听音乐，她需要新闻。新闻倒是不难找。全世界各地都有巨大的光束从天而降，每一处都被人围了起来。有人说他们是恐怖分子，在保护爆炸点；有人认为他们是宗教分子，在保护什么神圣之所；还有人猜测是外星人，来联络近五十年来那些宣称曾经被外星人绑架过、脑子里有芯片的地球人。那条来自"德尔斐女士"的古怪信息，原本每个人都以为是黑客搞出的恶作剧，现在却引起了那些关于外星人的传言。

"讽刺的是，"多娜对着收音机说，"这个最有可能是正确的思路。"

没有太多伤亡，但是谁也不能靠近守卫着那些大坑的人。

英国、美国、俄罗斯、中东、亚洲、新西兰、非洲、格陵兰，到处都有。

那些守卫在坑边的人彼此似乎没什么联系，年龄、性别、政治倾向、出身背景都完全不同。

"不知道极地受到攻击没有。"多娜听了一会儿广播之后，一边小声念叨一边开过伦敦塔。

"据说中东地区也出现了光束。"卢卡斯说。

多娜笑了，"我不是说基地组织，我是说南极和北极[1]。"

"有区别吗？"

"是的，很可能有。刚刚广播里提到的都是人口密集地区。这个很值得关注。"

"为什么？"

"不知道，我还在想。"她看了看蒂尔伯里A13的路标，"往那边走是艾塞克斯。"她又耸耸肩，"我不是不知道自己要去哪里。不过昨晚回来的时候天太黑了，我又一直想着博士，没

---

1. 此处将英文里的谐音转化成了中文里的谐音，因此译文和原文稍有不同。

看路标。"

"你要走A127才对。"乔伊突然说道,"在M25交叉口之后走三英里,左拐进入草地巷,再走半英里进入格尔斯顿路。然后一直走六英里半,左转朝着南伍德汉姆费勒斯直走。"

"哦对,我记得那个地名。"多娜说,"你怎么知道?"

"过铁路桥后,你要沿贡品路走八英里,然后到达B8932,右转进入奥伯姆巷。再开两英里,就能到哥白尼天文台。"

多娜看了看卢卡斯,卢卡斯耸耸肩,"他知道怎么找到你,"他说,"还知道你开的是什么车。"

"太诡异了。"多娜小声说着,看了一眼后视镜中的乔伊。

"乔伊就是这样,"卢卡斯说,"谢天谢地我们不是同一个爸爸。"

"别这么说,"多娜责备他,"他始终是你的兄弟。"

"对,"卢卡斯表示同意,"假如我们是亲兄弟,没准儿我也一样奇怪了。不过那样的话,如果他开口说意大利语,我就可以当他的翻译了。"

"他为什么会说意大利语?"

"据妈妈说,他爸爸是意大利人。"

多娜脑海里闪过一个念头。

博士在昨天晚宴之前说了些什么,当时她正在照看妮蒂,科洛斯兰那老头儿以为博士只不过在胡言乱语。当时,他在说曼陀罗什么的。

我最初是在十五世纪的意大利遇到它的。

多娜突然明白了。疯律师！显然是那个！当然不会是那么简单……但是他说过是五百年前。这对于意大利后裔来说，也足够散布到世界各地了，还能繁衍好几代人……那个人，那天晚上在天文台电晕了博士的人，他也有意大利口音，还说了什么血统之类的东西……

"你知道是意大利哪里吗？"

"不知道。"卢卡斯说。

"圣马蒂诺。"乔伊高声插嘴道。

"我就觉得你会知道。"多娜说。

"为什么？"卢卡斯问道。

"因为我觉得乔伊并不是超级卫星导航系统，而是事情背后存在一个巧合。我认为有什么东西想通过他让我们靠近天文台，为了某种目的。"

"你想说我弟弟是个外星人。"

"别这么激动。"

"不，这真是超酷啊！"卢卡斯凑近她，"我一直都跟妈妈说乔伊有点奇怪。"

"他不是外星人，但是他的出身背景可能帮助博士化解这件事情。"

卢卡斯看了看坐在后座的弟弟,他现在又在听M-TEK了,"我希望他不会有任何危险。"

多娜笑了笑。"不会的,博士会确保他安全。"但是多娜心里其实很没底。

博士睁开眼睛,一眼就看到了威尔弗。他笑道:"你好,威尔弗。"

"你好,博士。"老人说着把他拉了起来,"你躺在地上干什么?"

"我被人打晕搬了过来,然后就被扔在这儿了。太没礼貌了!"博士不满地咕哝道,然后他抓住威尔弗的双手,"多娜在哪里?"

"她很好,和希尔维亚安全地待在家里,她们还以为我俩在菜园呢。"

"好,棒极了。简直完美。可他们为什么丢下我就走了?"

"你是说那些能发出紫色电流的怪人吗?"

"就是他们。呦,多娜说得怪全的,不是吗?"

"我让她全都告诉我了,博士?"

"什么事?"

"那边的办公区域有人死了。"

博士张张嘴想说什么,却没说出来。"我就担心这个。"他跟着威尔弗走出控制室，四处看了看，又瞟了瞟屏幕上的数字。接着，他把梅尔维尔的尸体抬到地板上察看。

"你就是奥拉迪尼小姐？"博士问。

奥拉迪尼小姐点点头，"你怎么……"

"他们在找你。梅尔维尔教授让我找到你，确保你的安全，还有关于猫的什么事？"

"那时候梅尔维尔教授还活着？"

"是的。他们逼迫他用望远镜对准混沌体。"

威尔弗把世界各地发生的事情告诉了博士。

"德尔斐女士？"

"就是报纸上写占星专栏的那位。"奥拉迪尼小姐插话道。

博士看向她。

"唔，抱歉，"她说，"这根本无关紧要，我知道的。"

"不，不是的，奥拉迪尼小姐。这条信息其实非常有用，解开了我的很多疑点。这么说吧，如果你是一个被星星赋予力量的超级外星人，还有什么身份比占星专栏作家更好，能够通过这种媒介聚集几百万读者的呢？我们要找到这个德尔斐女士，问清楚她的消息来源是哪里，是怎么想到这个方法的。"

"他们为何要杀死梅尔维尔教授？"奥拉迪尼小姐轻声问。

"曼陀罗非常善于利用工具。昨天晚上咱们看到的那些人，都是曼陀罗的工具，用完之后就会扔掉。我想，他们让可怜的梅尔维尔教授把事情做完后,就顺手把他清理掉了。"他把手放到奥拉迪尼小姐的肩头,"我们的朋友,一个大好人,就这样被毫无意义地害死了。我很难过。"

她朝博士笑了笑,"我能帮你阻止他们吗?"

博士回头看了看控制室,"威尔弗,还有人在这里吗?"

"没有了。"

"他们大概是今早九点离开的。"奥拉迪尼小姐说,"虽然没看见,但我听见他们说话了。"

"你的车呢,威尔弗?"

"停在外面。"

"好,交给奥拉迪尼小姐。"

"为什么?"

"是啊,为什么?"

"因为你还活着,奥拉迪尼小姐,我向一个人保证过,要让你安全活着。回家去吧。威尔弗,你的电话呢?"

"没电了。我一直没充电。"

"把电话给我。"

威尔弗把电话从外套口袋里掏出来,博士用音速起子捣鼓了一阵,然后回到控制室。过了片刻,他跑出来把手机交给奥拉迪尼小姐:"充好电了,可以用上几个星期。抱歉,威尔弗,我把你的SIM卡数据抹掉了。"

"什么卡?"

"你不知道也没关系。奥拉迪尼小姐,电话的SIM卡里储存着望远镜目前观测点的坐标。我还加了一个精巧的小程序,我打这个电话的时候,你不要接。"

"我怎么知道是你打来的?"

"因为其他人都知道这部手机的主人从来不开机,也不充电。"

威尔弗用鼻子哼了一声。

"好了,"博士继续说,"我给你打电话的时候,不要接,但是要按下#号键。另外,我没打给你之前,千万要避免不小心按到#号。"

威尔弗想知道为什么,但是博士摇头道:"别问了,什么都不知道你才更安全。奥拉迪尼小姐,照我说的做,你就可以肩负起拯救世界的重任,说不定还能拯救全宇宙。威尔弗,钥匙。"

威尔弗犹豫地把车钥匙交给了奥拉迪尼小姐。奥拉迪尼小姐轻轻地把手机放进她的多层外套上很多口袋中的一个里。

"祝你好运,奥拉迪尼小姐。并且,谢谢你。"博士说,"去吧。"

奥拉迪尼最后悲伤地看了一眼梅尔维尔教授,简短地说了一句:"他是个很可爱的老人。"

"我知道,"博士说,"我是在1958年认识他的。那时候他组了个爵士乐队,叫'极客乐队'——我在乐队里弹奏防波板[1],乔伊·米克还打算出唱片来着。因为他姓梅尔维尔,所以我们都管他叫'亚哈'[2],结果直到现在,我也不知道他的真名叫什么。"

"布莱恩,"奥拉迪尼小姐说,"他的个人档案里是这么写的。"说着,她悲伤地笑了笑,转身走了。

"布莱恩,"博士对尸体说,"再见了,布莱恩。"

威尔弗目送奥拉迪尼小姐离开,"她会没事吧?那些人还在监视我们吗?"

"没有,他们都走了,她会没事的。奥拉迪尼小姐就住在附近,下周你就能把车拿回来——如果那时我们都还活着的话。"

"太好了。"

"总还是会有风险。"博士看了看时钟,"我想我们还有一个小时,可以研究一下他们为什么没有杀我。"

"然后呢?"

"然后援军就来了。"

达拉·摩根站在神谕酒店的顶层套间里,看着下面繁忙的高

---

[1] 一种冷门的爵士乐打击乐器。外形酷似搓衣板,演奏者用音叉等物体在波状板上敲击、刮奏发声。
[2] 亚哈船长是美国小说家赫尔曼·梅尔维尔于1851年发表的小说《白鲸》中的主人公。

架桥车行道。

"他们看起来好像蚂蚁。"和他并肩站着的凯特琳说道,"他们也的确是。"

达拉·摩根似乎想说什么,但又闭嘴了。

"你还好吗?"凯特琳问。

他耸耸肩,"我……我似乎想起了一些事。玩具汽车。我能看到有个小孩在玩很多的金属小汽车,那孩子似乎……"

"很眼熟?"

"我其实想说'很开心'。"达拉·摩根离开窗边,"德尔斐女士,"他对着墙边桌子那头摆着的一排电脑屏幕说,"我们进行得怎么样了?"

"非常顺利,"电脑回答,屏幕上的波形也明快地闪烁着,"全世界曼陀罗的孩子都联系上了,他们正保护着回归点。摩根科技现在掌握着全世界百分之八十七的电脑连锁店。"德尔斐女士笑出声来,"准备迎接现实吧,威廉·亨利·盖茨三世[1]。"

凯特琳开始读取互联网报告。

"南美出现了一个崇拜曼陀罗的教派,"她笑着说,"曼陀罗能往前追溯到什么时代来着?"

德尔斐女士的屏幕闪烁着:"我们可是走过了漫长的岁月。

---

1. 即比尔·盖茨。

唔，快看，挪威有曼陀罗很完整的一支谱系。我们还有未曾涉足的地方吗？"

凯特琳又敲了几下键盘，"扎伊尔[1]也有一支！"

"这可真是宝瓶纪元的开端啊！"德尔斐女士非常高兴。

达拉·摩根又看着楼下的车子。他下意识地用手指在窗户上写着字母。

凯特琳看了他一眼，皱起眉头。达拉·摩根写了一个C和一个F。

她立刻起身来到他身旁。"喂，你，"她把他拽回来，"德尔斐女士要给我们看个东西。今天全世界十分之一的人口都加入我们了。等到这周M-TEK公开销售，全世界六成的人都是我们的了！免费发放的试用机唤醒了我们沉睡的同胞。"

达拉·摩根最后看了一眼窗外，他看了看M4大道，又看了看待售M-TEK的销售点，"等村上在东京安排妥当……"

"这个世界和所有的人都将属于曼陀罗！"德尔斐女士说，"啊，我刚刚上传了一批新的占星文章，棒极了！"

威尔弗从房间里找到一件旧外套，然后拿到观测台盖住了梅尔维尔的尸体。

---

1. 指刚果金。"扎伊尔"是"刚果民主共和国"的同义词。

"他们为什么杀了这个可怜的人,博士?"

博士正在控制室里一边认真研究望远镜的读数,一边小心地尽量不去碰任何东西。"他很可能帮曼陀罗把机器都设置好了,然后他们就不需要他了——它需要消耗能量才能控制人类,所以当然要把能量用到它长期需要的人身上。"

"比如?"

博士转身离开控制台,带威尔弗回到尸体那边,再用音速起子锁上门,"没有我的同意,任何人都不能进出。"他念叨完毕这句话,朝威尔弗笑了笑,"我希望自己能告诉你答案,威尔弗,但实际上我也毫无头绪。被它奴役的人,以及被它的奴隶奴役的人们之间总是存在某种联系。现在我还不知道究竟是什么样的联系,也不知道德尔斐女士在中间扮演什么角色,但我想她一定和曼陀罗是连接在一起的。"博士突然一拍脑袋,"当然了!我明白了!威尔弗,现在几点?"

"十二点三十五。"

"你几点到这里来的?"

"大概九点,我到这里来是因为——"

博士伸手示意他安静,然后他开始倒数:"五、四、三、二……一!"

观测台的大门就在这时被拉开了,日光照进屋子里。

多娜·诺伯尔赫然站在门框中的那一片光芒中。

"我许诺什么来着,援军到了。"

威尔弗拥抱了多娜,"你怎么知道我们在这儿?"

博士靠在墙上抱着胳膊,似乎满不在乎,但又非常骄傲,"哎呀,当然因为她是你外孙女,威尔弗。她非常聪明。"

多娜没理他,"我知道昨晚那个人是什么意思了。他是意大利人。是意大利人!"

威尔弗看了看他们两个,"什么?"

"他说有个疯律师落选了。"

博士点头道:"我知道。"

"好吧。"

"你继续说,看我们是不是想的一样。"

"或者,"多娜咧嘴笑了,"是不是我比你更加正确。"

"不太可能,但总是可能的。说吧。"

"他说的是'那个人,疯律师落选了',但其实他说的不是'疯律师',他说的是'德尔斐女士'。"多娜笑着,"你也猜到了,对不对?"

博士点点头。

"我还在思考她怎么会落选。"多娜继续道。

博士也笑了,"是螺旋[1]。曼陀罗螺旋,多娜。但我不知道

---

[1]. 意大利人说英文发音不清晰,造成博士和多娜理解错误。为了达到中文谐音的效果,此处翻译和原文原意有所出入。

为什么那个意大利人很重要……哦哦，对了，当然了！"

"十五世纪的意大利，圣马蒂诺？是这样吗？"

"你们两个在说什么？"威尔弗问。

博士看着他，"地方历史，威尔弗。1492年，我邂逅了这个从时间初始时就存在的外星力量：曼陀罗螺旋[1]，它一直想要统治比它低级的种族。"

"说谁低级呢？"多娜问。

"多娜，十五世纪的人类和二十一世纪的人类非常不同。哦哦，当然，你就更加高级了。"博士稍稍笑了一下，示意自己心口不一，不过多娜也没追究。

于是他继续说道："总之不管怎么说，我偶然把其中一小片螺旋的能量带到了一个叫圣马蒂诺的意大利小城。我战胜了它，方法是聪明地把它埋了起来——至少我以为是把它埋了起来。然而，虽然我确实把它埋进了地里，它却在地底存活下来，还进行了自我修复，然后进入土地，进入河水，最终进入了人体。它成了一个可以附着在染色体上的生物体……染色体，DNA……之类的东西。它一代一代地传下去，一直等到曼陀罗大军成群结队

---

1. 出现在《神秘博士》老版第十四季第一个故事《曼陀罗假面》中，是第四任博士遭遇的外星生物。当时，曼陀罗螺旋撞上了塔迪斯，一块曼陀罗的能量碎片掉在了十五世纪意大利圣马蒂诺地区，控制了一个叫做德莫诺兄弟会的组织，它想通过这群人来入侵地球。当时，第四任博士和莎拉·简打败了曼陀罗。但在博士和莎拉离开意大利的时候，博士说，虽然现在曼陀罗不会再制造事端了，但是几百年后，当星座运行到合适的位置时，它还会再次出现。

地穿过宇宙来到这里,然后和地球上的同类连接上。上一次它想阻止人类的文明进程,这次,曼陀罗知道它阻止不了你们,你们最终会进入太空,无数的人类将穿越星辰,转眼建立起各种殖民地和帝国,战争与和平交替出现,直至时间的尽头。于是曼陀罗说,'那我也来分一杯羹吧,谢谢,'于是,它打算永远黏附在人类身上。真是个好计划。它可以操纵人类几千年。"

"这么说,通过繁衍和那玩意儿,全世界都有圣马蒂诺那些人的后代了。"多娜说,"到现在也有成千上万的人了,说不定一半的人都根本不知道自己有意大利血统,更不知道自己被曼陀罗控制了。"她转身对博士说,"这就是为什么乔伊·卡恩斯知道你是谁。他爸爸就是从圣马蒂诺来的。"

"你怎么知道?"

"乔伊告诉她的。"卢卡斯·卡恩斯从门口探出头,"他上完厕所了,多娜。"接着,两个男孩子一起走了进来。

"哦,对了,"多娜朝着博士无力地笑了一下,"这是我的救援小分队。"

博士很高兴看到他们俩,"你这样才找到我们的,对不对?我早知道你记不住昨晚的出租车路线。"

"乔伊就像导盲犬一样。"多娜说。

博士搭住威尔弗的肩,"咱们在这儿的工作结束了。回家吧,顺道路过格林尼治。"

"格林尼治?"威尔弗皱眉道,"啊,不,不行,博士,请不要把妮蒂卷进来。"

"我觉得她肯定能帮上忙。抱歉,威尔弗。"

"那是谁?"卢卡斯指着角落里盖着衣服的尸体。

博士深吸了一口气,"卢卡斯,他是我的一个好朋友。他死了。"他递给威尔弗一个眼神,"但是我保证,他将是我们最后一个因曼陀罗螺旋而送命的伙伴。"

多娜沉思了一下,想起在车子里自己对卢卡斯许下的关于乔伊的许诺,她希望博士不会让他们失望。

博士从她面前经过的时候,笑着朝她挤挤眼睛。

她在怀疑什么呢?那可是博士。

所有的事情一定都会解决的。

不然呢?

回伦敦的旅途平静无事。威尔弗坐在多娜旁边的副驾上,只在多娜每次差点让后视镜撞到停在路边的车子时皱皱眉。博士和两个男孩坐在后排,他们把上面的毯子、水瓶和一只工具箱挪到了别处。

博士还在座位下面发现了一本平装书,名字叫《月黑风高夜》,讲的是富有的国王、海盗、担惊受怕的女仆、强壮的牧牛人,以及一个在雪地里被捡来的小女孩的故事。博士很同情故事里的主人公，一位年轻的医院实习生，他一直在努力地把这些完全格格不入的情节串在一起。

没一会儿他就读不下去了，把书扔给了卡恩斯兄弟。

卢卡斯马上开始饶有兴致地看书，同时不忘经常用保护的眼光盯着和博士谈论他失踪已久的爸爸的乔伊。

但是博士没有得到任何有用的回答。乔伊记不起星期五下午去电子产品商店里发生的事情了——要不是他拿到了免费的M-TEK样品，他甚至不觉得自己去过那里。

"他有时候就是会这样。"卢卡斯低声说。

"你们拿回家的M-TEK是什么样的？"

乔伊给博士看了一个便携设备，卢卡斯则继续看书。"就像是一个可以播放电影的Mp3，"乔伊说，"可以连接上网，同时也是一部手机，还有160G的存储空间，你可以存各种东西进去。运行Windows系统和OSX 6系统也非常快。"

博士十分赞赏地点点头，"好东西总是体积小巧。"他迅速地掏出音速起子把M-TEK检查了一遍。

多娜听到了噪音，回头朝他喊道："弄坏的话，你最好再给他买个新的！"

但是博士皱起了眉头。音速起子没起丝毫作用，连存在里面的音乐文件都没损坏到。

"这真是……"

"奇怪？"多娜帮他说了。

"比奇怪更甚。"博士说。他爬到车子后面找到工具箱，取出一把大锤子砸向M-TEK。锤子碎了，卢卡斯和乔伊万分气愤地大叫起来，吓得多娜在拐进布莱克沃尔隧道时差点撞上路沿。

"怎么了？"威尔弗问。

博士举起M-TEK，"一点儿也没坏，一个坑也没有，完全没事。技术不错。是外星人的好科技。这技术几乎是不可能在地球上存在的。"他朝吓了一跳的兄弟俩笑了笑，"不过，我确实喜欢来一点儿'不可能'。"

"你们发现有什么不对劲儿的事情了吗？"多娜问道。

"你已经开了一个小时的车，我们居然都还活着。"威尔弗回答说。

"路上没有车流。"卢卡斯提示道。

博士看了看周围，"是真的吗？"

多娜点点头，"路上有很多停着的车子。但自从咱们离开哥白尼天文台，我总共只见到三辆车在路上，其中一辆还不停地对我闪灯，好像那司机很生气的样子。"

"很可能是因为你抢了他的道。"威尔弗说。

"我觉得他是想要逼停我们，"多娜没理外公，"因为他真是太疯狂了。其他人都去哪儿了？"

"因为是星期天？"博士猜测道。

"这可是伦敦东南区，"多娜反驳道，"而且又不是公元十世纪。现在路上应该有好几百辆车才对。"

"我觉得挺好，"威尔弗说，"一路上非常平静。咱们要转进环岛的下一个路口，宝贝，妮蒂就住在主干道旁边。"

他们轻轻停在妮蒂家门外。

威尔弗下车按了门铃，但没人应。他透过投信口叫她，门很快开了，威尔弗被一把拉进去，消失在大家的视线中。

坐在车子前排的多娜看向博士。

"你看见了吗？"

"是妮蒂。"博士说。

"你怎么知道？"

"外星人绝对不会戴那种帽子。"

门开了，威尔弗走了出来，身后是妮蒂，她戴着一顶绿色小毡帽，上面插着一根孔雀羽毛，充满了上世纪五十年代的风格。

"你看新闻了吗，博士？"妮蒂跳上车坐在威尔弗旁边。

博士说没有。

"那我们最好赶紧开车穿过伦敦市中心。"

怀着极大的好奇，多娜赶紧再次发动车子，一溜烟开走了。

他们穿过格林尼治，经过了重新整修的卡蒂萨克号展览馆，以及各种市场和商店。然后他们经过新十字车站，沿着老肯特路前行，绕过大象城堡，又过了黑修士桥。

"鬼影子都没有，"威尔弗说，"一个人都没有。"

"BBC让大家都待在屋里。费尔柴尔德说，全国进入了紧急状态。"

"费尔柴尔德？"博士问。

"首相。"卢卡斯叹了口气，"你什么都不知道吗？"

"我认识很多首相，"博士说，"但是本世纪我觉得他们几乎一年一换。这位显然在历史上没什么建树。"

多娜一个急刹车，然后特别平静地说："好吧。"

坐在后排的人一齐往前扑倒。"的确。"博士说。

的确，他们走不了了。他们现在正在通往查令十字车站不远处的泰晤士河河堤上。而他们面前大约站了一百万人。

那些人一动不动地，手伸向天空。

他们齐声说："螺旋。螺旋。螺旋。"

"这可不好。"多娜说。

博士把乔伊的M-TEK递给多娜，"给你妈妈打个电话。"

"为什么？"

"告诉她我们没事，明天再和她碰头。"

"这比眼前的事更重要？"

"对咱们俩来说，让你妈妈安心最重要，多娜，她会担心的。"然后，博士又对卡恩斯兄弟说，"我们马上给你们的妈妈打电话，她肯定担心死了。"

"不会的，"乔伊淡定地说道，"她总归也要加入到这群人里头。"

威尔弗想问为什么，但是博士摇摇头，"现在听我说，乔伊，她是你的妈妈，所以她不会有危险的。而且这些人也都不会有危险，目前看来。"

"她生了乔伊，也许她也有那个螺旋的基因？"卢卡斯说，"谢天谢地我是老大。"

乔伊凝望着车窗外，"那么，我们要怎么救她，博士？"

博士笑了，"就是这种精神，孩子，记住，我们可以救她。我们可以救所有这些人。"

多娜把M-TEK递了回来，"妈妈说奇斯威克街上空空如也。我让她就待在家里，喝喝茶，看看电视。我让她都听BBC的，千万别出门，而且要一直喝茶。她居然没把我的话当笑话。"

"我一点也不吃惊。"威尔弗说，"好了博士，我们要做什么？"

博士看了看那个M-TEK，"他们把这个送给你了吗，乔伊？他们是到处免费派送吗？"

乔伊点了点头，"在论坛上，他们说要在明天中午发售之前免费派送一百万台。"

"我打赌收到样品的人都来自特定的家系。这么说来，到明天,全国各地都会有M-TEK了?"

"全世界。"妮蒂插嘴道,"我也想去订一台。我喜欢这种东西。可能要等一个月左右,看看购物频道有没有折扣。"

"啊,我也喜欢在购物频道买东西,"多娜插嘴道,"呃,曾经喜欢,在之前我还比较有空的时候。那时就好像安尼斯·艾哈迈德[1]对我下了咒……"

妮蒂笑了,"他多性感啊……"

威尔弗咳嗽了一下,"总之,回到正题。博士,我们不能停在这儿。"

博士还在摆弄M-TEK。

"居然保护得这么严密……要是能让我改写一下软件……"音速起子闪过几丝明暗不同的蓝光,M-TEK发出嘭的一声,博士欢呼起来。然后,他说:"我好像连上了一个占星网站。啊,是我们的老朋友德尔斐女士。"

"她为那些制造M-TEK的人工作,"卢卡斯说,"她还给他们的报纸写占星术的文章。"

博士定睛看了看那孩子,"你说什么?"

"摩根科技,他们什么都干。开电视台,办报纸,总之各种东西。"卢卡斯耸耸肩,"还有达拉·摩根,他就好像比尔·盖

---

1. 购物频道主持人。

茨、鲁伯特·默多克和理查德·布兰森的混合体。"

"他到底是个什么人呢？"博士问。

"他是摩根科技的负责人。已经有好些年了，我在学校的时候研究过他，但是没有多少关于他的资料，他不喜欢有人随便撰写他的传记。"

博士看了看车上其他几个人，"我来总结一下。有很多光束击中了地面，人们像被施了催眠术一样，对着星星喊口号，原因是报纸上有个占星家全球广播，自称改变了全世界。还有人免费给有意大利血统的人发放新型电子设备。居然没人告诉我，这些事情是有联系的吗？"

人家面面相觑。最后多娜说："别指望我们也有你那种跳跃的逻辑思维，你知道的。"

"不是跳跃，很显然证据有明确所指……算了。我要怎么找到摩根科技？"

"就在我们家旁边，"卢卡斯说，"布伦特福德。"

"哦，对，"威尔弗说，"他们在金里地区有一座酒店和办公的综合大楼。"

"管事的人就叫达拉·摩根？"

"对。"

"当然应该是他，"博士念叨着，"就是他。卢卡斯，把有关他的所有事情全都告诉我，好吗？"博士把M-TEK扔到地上,乔伊捡起来。"别捡了乔伊,它很危险。"

博士把音速起子对准车厢后部,车门弹开了。"走,这群人堵住了路,我们必须步行过去,再找个新的交通工具。"

"博士,"威尔弗抗议道,"妮蒂……"

"嗨,"妮蒂说,"我可以和大家一样走路,威尔弗·莫特。"她挽住威尔弗的胳膊,"我们要互相支持。"

威尔弗低头朝她笑了笑。

多娜也想去挽住妮蒂,但她忽然觉得博士的神情不太对劲。

他的样子和昨天晚宴时一样。

他看妮蒂的神情非常的……奇怪。

多娜拉住卡恩斯兄弟,"跟紧我。"她对他们说,"我们来帮博士把这件事搞定。"

"多娜。"博士突然说话,那是多娜非常习惯的警告口吻。

原来,就在他们和齐声喊口号的人群之间,突然闯出了几个人。多娜认出那是昨晚在哥白尼天文台的那些人。

"大事不妙?"

"大事不妙。"

"你是怎么改写M-TEK的软件的?"站在前面的小个子问道。多娜记得这人,他是这几个人的头领,同时多娜意识到他也有着意大利口音。

"天赋。"博士回答。

"这不在计划中,"矮个子说,"我们不能容许计划中出现薄弱环节。"

"抱歉。"博士示意其他几个人慢慢退到自己身后,他自己则站在了车子和被曼陀罗力量控制的那群人之间。"我把那个M-TEK放在车子后面了,你们要我去拿过来吗?"

"你不许动。"那个意大利人一边说一边推开博士自己爬进了车子。

博士朝其他几个人笑了笑。对方两个年老的人站在一边,四个年轻人站在后面,还有个很健壮的人站在左边。

"我不知道你们之中有多少人是圣马蒂诺的后代,其中又有多少是他们的……奴隶?帮手?在天文台谋杀教授却并不知情的帮凶?如果你们能够反抗曼陀罗的话,我们也许……"

车子突然冒出烈焰炸成了碎片,博士重重地摔在柏油路上。

多娜和卡恩斯兄弟已经跑了,威尔弗和妮蒂跌跌撞撞地跟在他们身后。

很好。

博士看着已经变成了那个意大利矮个人火葬场的面包车。

"这是清除被改写的M-TEK的一种方法,我猜,"他说,"要我说的话,还是有点过分。"

他刚一站起来,就被那群人团团围住了。那个结实的人成了新首领。博士注意到,他说话时有很浓的希腊口音。

"德尔斐女士想见你。"

"嗯,可以。不过我想看看我的朋友们是不是还好。"

"他们也一起去。"

"我不是很同意这一点。"

"要么我们现在就杀了你。"那个希腊人补充道。

这时候,威尔弗、妮蒂、多娜和男孩子们都从藏身处走了出来,站到了博士身边。

博士叹了口气,"我觉得你只是在吓唬人。"他对威尔弗说,"他们想活捉我,你还记得吗?"

"我们同舟共济。"威尔弗说,"我在伞兵部队的时候,从来没扔下过任何同伴。"

博士点点头,"嗯,好,我们人都齐了。你们有结实的车吗?"

"我们走着去。"对方的一个老人说道,是个美国老太太。

"路很远。"多娜说。

一个年轻人耸耸肩,"正好当锻炼身体了。"

于是他们徒步穿过伦敦市。

他们所去的每一个地方都有一群一群的人朝天上齐声喊口号。

其他人都胆战心惊地躲了起来,偶尔有人抢劫商店,大概是觉得这种情况一时半会儿不会好转,担心食物短缺。

"真像当年闪击战的时候。"当他们穿过莱斯特广场的时候，妮蒂突然说道。

"还好没有炸弹和垮塌的楼房，谢天谢地。"博士说。

多娜注意到，博士故意让大家分散一些。她和卡恩斯兄弟走在队伍后面，威尔弗似乎有点累了，只走在她前面一点点。多娜身后就是希腊人和两个美国老人。

四个年轻人走在博士的前面。

不知什么时候，博士接替了威尔弗的位置，现在由他扶着妮蒂。

多娜听不见他在说什么，但是她能从博士散发出的紧张气场中感觉到什么，而妮蒂的反应也很奇怪，除了点头以外没有任何回答。他们肯定不是在讨论伦敦的建筑。

她很想问外公他觉得是怎么一回事，不过最终没有问出来。因为万一事情不对劲儿，朝着最坏的方向发展，她不希望外公责怪博士。

多娜意识到，这是这么久以来自己头一次对博士的行为有所质疑。她不喜欢这样。

走了几个小时，他们停下来休息了几次。几个年轻人负责去找吃的（也就是用曼陀罗的力量把商店门炸开去抢东西）。

有　次，博士和妮蒂坐在废弃的汉堡店里，卡恩斯兄弟狼吞虎咽地吃着冷薯条和玛芬蛋糕。妮蒂在布告板上找到了几张纸，于是写了点什么上去,博士边看边点头。

威尔弗让多娜试着用用微波炉,多娜一回头,却看到妮蒂一个人坐着,博士正在尝试跟那个希腊人沟通。

但是他们还来不及用微波炉热汉堡,就被那群人催着走了,博士抗议也没用。

男孩子们很快又累了。妮蒂和威尔弗也非常疲倦。多娜累得一点力气也没有了,而博士……他还在继续走。现在卢卡斯和乔伊走在他前面,博士通过给他们讲述克伦威尔路和沿途建筑物的历史来分散他们的注意力。

那两个美国老人按理说本来应该已经累断气了,但是,他们却时不时地一个人或两人一起伸直胳膊指向前方,随时准备使用他们昨晚在哥白尼天文台用过的曼陀罗的力量。

他们到达汉默史密斯的时候,天已经黑了,多娜估计他们至少还要走一个多小时才能到达布伦特福德。而且妮蒂和威尔弗越来越频繁地需要停下来休息,所以需要的时间会更多。

"我外公年纪大了。"她抓住机会对那个希腊人说。结果换来威尔弗不顾疲劳的气愤回应:"喂,我好着呢!"

那个希腊人耸耸肩,说德尔斐女士不可能一直等。

晚上并不冷,但也不是盛夏,当他们沿着没人也没车的西大街走的时候,已经接近午夜了。

多娜走在博士旁边,威尔弗和妮蒂跟卡恩斯兄弟走在一起。

威尔弗为了鼓舞士气,给大家讲了他在伞兵部队时期的故事,多娜小时候也经常听他讲这些故事,虽然通常是在长途旅行的车子上,而不是在痛苦地徒步穿越恐怖城市的路上。

"你为什么不让这些人回家?"博士突然停下来,提议道,"德尔斐女士肯定是只想见我。你看,我们已经到奇斯威克了。让多娜带威尔弗和妮蒂回家,让这两个小孩也回家,可以吗?"

那个希腊人没理他,只是继续走路。

"不管是我还是外公,都绝对不会丢下你。"多娜追上博士悄声说,"但是他们为什么要我们所有人都去呢,你知道吗?"

博士看着她的眼睛,"为了保险,"他简单地说,"光威胁我没用。出于某些原因,他们需要我活着。而威胁杀了你们是对我很管用的要挟条件。抱歉。"

"没关系。"威尔弗说,"我们是自愿参加这件事的。能跟你并肩作战,我感到很骄傲,博士。我的小士兵们也这么想。"

卡恩斯兄弟点点头,卢卡斯看起来比乔伊更热切一点,这点必须说明。

博士看了看妮蒂,她正摇摇晃晃地朝中心绿化带走去。

"她太累了,"博士难过地看着威尔弗把她拉回来,"她又像昨晚一样开始神游了。"

"那你为什么要带上她?"多娜的语气比她自己预想的要生气一些。

"我没想到要步行,"博士说,"对不起。"

多娜稍微放慢了脚步。

博士的计划出现了偏差,他眼下有些着急了。

这不是个好现象。

突然,一束汽车灯光照到了他们,博士和他的同伴们同时抬手遮住眼睛,一辆迷你巴士在刺耳的刹车声中停在了他们面前。

"嗨!"多娜大喊,"你得帮帮我们!"

博士上前阻止多娜,但是没来得及。

迷你巴士的车门打开了,一个女人高声说道:"上来吧,各位!"她有着一口活泼的爱尔兰口音,"德尔斐女士在等着你们呢。"

大家一个接一个地上了车。

"你就不能早来三个小时吗?"威尔弗一边搀扶着神志不清的妮蒂上车,一边抱怨着。

那个女人笑了,"我叫凯特琳,代表摩根科技。很抱歉,你们都辛苦了。但是和接下来的情况相比,这点辛苦不值一提。而且德尔斐女士坚信,精疲力竭的囚犯比精神抖擞的囚犯更顺从。我过来的唯一原因是现在已经接近午夜,时间紧迫,大家抓紧了!"

凯特琳猛一掉头,车子轰鸣着,沿A4大道一路狂奔,冲向布伦特福德商务区,也就是金里。

"我们到了。"凯特琳开始减速。

多娜看到神谕酒店朦胧地出现在正前方的黑暗中,每一扇窗户都亮着灯。

"哈!"博士笑了,"我们要在名叫神谕的地方见德尔斐。这真幽默,才怪。"

"午夜了,"凯特琳边说,边打开迷你巴士的门,"今天是星期一,宇宙将改头换面。"

她笑了。

多娜打了个冷颤。

星期一

博士、多娜、威尔弗和他们的朋友被凯特琳带到顶层套间,凯特琳的手一直握着别在腰间皮带上的手枪。

这个爱尔兰女人推开套间门,博士进去四下看了看。等他看清楚房间里的东西之后,不禁慢慢地开始鼓掌。

"我想这就是德尔斐女士?"他说,"当然了。你不是真正的人,对吗?你是一台电脑。与其说是电脑,不如说是一种人工智能,加载着一个古老邪恶的超自然力量,本应永远囚禁在它自己的维度中。你好吗?曼陀罗?几百年不见了。"

"这种……形态比有血有肉的人体强大多了,博士。"德尔斐女士说,"作为时间领主,作为一个可以承受无数时间和空间创伤的生命,你的身体简直是跟医生订做的,请无视我这煞费苦心的冷笑话[1]。"

博士没说话。

---

1. 英语里,博士和医生是同一个词,这里用了双关。

"你已经听够了这种笑话,对吧?"德尔斐女士问。

博士和多娜现在站在了精疲力竭的这一行人的最前面,威尔弗、妮蒂、卢卡斯、乔伊徘徊在后面一点。他们面前是德尔斐女士的电脑,达拉·摩根、凯特琳以及押着他们到这里来的那群曼陀罗信徒,正围成一圈守卫着电脑。

"哈,大家好,"博士仿佛是在参加妇女协会的聚会,"这样看真是令人印象深刻。漂亮的房间,漂亮的酒店,欢迎仪式也不错。"博士指指那个美国老太太,她正伸直胳膊,以可辨认的曼陀罗的姿态发出了一道致命的螺旋能量束。"虽然有点不太友好。"

"非常抱歉,我没法控制每一个员工,"电脑的女性声音通过扬声器回响在房间的每个角落,"欢迎来到我的酒店。请允许我向各位推荐健身房,游泳池也很棒。"

"酒吧呢?"多娜问道,"没有酒吧就不能算是五星级酒店,对吧?"

"啊,多娜·诺伯尔,欢迎你。我们有四个酒吧,三间餐厅,还有一个单点餐厅,7/24[1]开放。"德尔斐女士轻声笑了,"但必须要说,我们志在超越五星级。"

博士点点头,"我猜你们是想打造五百万星级。你觉得呢,

---

[1] 七天二十四小时。指每时每刻都开放。

多娜？"

"五百万星级的话，服务一定非常好。博士，你还记不记得卡斯乌斯星的酒店？那才叫真正的五星级。"

"啊，没错！"博士朝她笑了，"他们深谙客户关系之道。还记得关于那只蜥蜴的麻烦吗？"

"你在布伦特福德也有同样的蜥蜴问题吗，德尔斐女士？"多娜问，"如果有蜥蜴的问题，那可不是什么好酒店。"

"神谕酒店是——"达拉·摩根刚说了个开头，德尔斐女士就示意他安静。

"博士和他的地球小朋友只是在拖延时间，达拉。他们正在思考要怎么阻止我们，要怎么活着离开神谕酒店，怎么'挽救'他们心爱的地球。"德尔斐女士停顿了一下，然后用一种更加柔和也更显恶毒的语气继续说道，"但是你真的不可能阻止我们，博士。我也不能保证这些人可以活着出去。而且据我所见，我们现在正是在帮助地球。"

博士走上前，那群人几乎是恭敬地分出一条路来，于是他毫无阻碍地看向电脑的屏幕。

"上次我们说话的时候，我把你送进了黑暗，让你自己去舔舐伤口。还记得吗？"

"当然记得，"德尔斐女士的正弦波十分强烈地闪着，"我等了很久才找到这个机会抓住你本人。为了让你付出代价。"

"哎，不要老是重演找可怜的时间领主报仇雪恨的戏码，曼陀罗。我是说，你不只是要报仇吧，快点，给我们说个更好的理由。"

德尔斐女士轻声笑了起来，"你要知道，自1492年以来，曼陀罗螺旋已经不是第一次来到地球了。"

"对，我当然知道。如果我没记错的话，西安的圣山[1]，还有未来孤儿——那些红白袍教派[2]之类的东西——哦，还有曼德拉草夜总会，不得不说那个挺不错的。每一次都是螺旋的一个能量碎片，不是吗？是送来试探我们的一个小火花。这一次倒是把整个篝火烧起来了。为什么是现在？为什么通过通灵纸片给我送信把找牵扯进来，为什么特意把找引到这里来？……啊哈，对啊，你就是想要我在这一天，在这个时间点到这里来。为什么？"

"星星已经全部就位了。"达拉·摩根说。

"我正在和德尔斐女士说话，谢谢，我没问她的狗腿子。"

---

1. 这是发生在1863年的事件，当时第一任博士去了广州。他发现曼陀罗螺旋的一个碎片在秦朝的时候记录了秦始皇的全部记忆，现在这个碎片控制了一具新的身体，而且想借此控制中国。博士经过计算之后，确定这个曼陀罗碎片的传送装置藏在西安的圣山，也就是秦始皇的陵墓处。博士和旅伴们必须跟当时广州最著名的武师一起努力打败曼陀罗。
2. 十五世纪曼陀罗螺旋首次来到意大利之后，当地占星师组建了一个崇拜曼陀罗螺旋的邪教组织，叫做德莫诺兄弟会，"未来孤儿"就是由德莫诺兄弟会发展而来的，组织成员秘密潜伏在地球上的各个公司里。"未来孤儿"组织内部分裂成相互竞争的两派，一派穿红袍，一派穿白袍。

"你居然敢——"达拉·摩根很是气愤。

"闭嘴吧,"博士打断他,"你又是谁?"

"我是达拉·摩根。我建立了摩根科技。我发明了M-TEK,我设计了——"

"醒醒吧,你什么也没做,从头到尾都是被曼陀罗螺旋控制的。你到底是谁?螺旋选中了你,扭曲了你的面目,操纵你,抬高你的身价,东拼西凑造出了达拉·摩根这么个形象,可是你自己又是谁?"

"什么?"

"卢卡斯?"博士喊道,"他是我的调查助手。"他对德尔斐女士低声解释说,"多娜忙着处理家务事来着。"

多娜皱皱眉。并不是因为博士把卢卡斯叫作调查助手,而是他居然说"处理家务事"。多娜看着威尔弗耸耸肩,然后又看看妮蒂,妮蒂正盯着他们面前的某处。多娜回头看看博士,忽然察觉到他的眼神。如果用言语表达出来的话,那意思应该近乎于"对不起"和"抱歉"。

"不!"她比了个口型,"不准!"但是博士再次转向了达拉·摩根。

"达拉·摩根,全球各地有数千万人将会成为这个外星智慧体的牺牲品,是你让它进入了这个世界。今天发生的就是这么回事?"

"我知道。"达拉·摩根微笑,"我很厉害,对不对?"

"是的,因为你那个M-TEK确实是个厉害得要命的东西。外星人的科技让它强大无比,并且你们还声势浩大地大量分发给了人类,我估计他们根本不知道M-TEK今天会对他们做什么。"

"一无所知。"

"你手上沾满了血,达拉·摩根。如果我是警察,我肯定逮捕你。但是卢卡斯说,这行不通。

"达拉·摩根是八年前才崭露头脚的,在1999年12月31日播出的一条特别报道里,首次宣布成立摩根科技。

"千禧年的最后一天,的确。

"在此之前,完全没有这个名字的人的踪迹。摩根科技是在新闻发出当天下午5点29分以私人有限公司的名义注册的。

"在被曼陀罗控制之前,你是什么人?曼陀罗把它自己假想成人类,然后重排了一下字母,就成了达拉·摩根[1]。"

"啊,我懂了!"威尔弗叫起来。"真是挺聪明的。"

"是的,外公,谢谢你,"多娜小声说,"但是先别让博士分心。"

博士出其不意地把手放在达拉·摩根脑袋两侧,手指压着太

---

1. 曼陀罗的拼写是Mandragora,达拉·摩根的拼写是Dara Morgan。

阳穴小声说:"打开封锁的记忆,释放真正的自我。"

立即,那几位曼陀罗的追随者就跨步靠近了博士,德尔斐女士的波形气势汹汹地闪着,"阻止他!"她说。

博士在达拉·摩根脑中看到了一幅图景:一个又冷又潮湿的黑夜,他走在一条小巷里,两边都是高高的树篱,雨水顺着他的脖子流下来。

他瑟瑟发抖,而且很愤怒……不,不是愤怒。他很难过。而且很迷惑。她说不。不什么呢?她是谁?他手里拿着一个柔软光滑的天鹅绒小盒子。里头是……啊,对,他能想起。银指环,镶嵌了一颗式样简单的钻石——他能买得起的最好的戒指。但是她说不,她想离开德里去悉尼,或者去圣地亚哥,或者其他任何远离他的地方。难道他彻彻底底地误解了她吗?他完全没预料到这个结果吗?他是如此爱她——每一次她走进房间,说话、微笑、大笑,他的心都会跳起来。只要知道她在厨房、在浴室、在门厅,他就会萌生出无数美好的幻想。但是他最终表白,说出"我爱你"的时候,她却只想逃走。不是"我也爱你,但是……"也不是"谢谢,但是抱歉"。而是:"我的天啊,你来真的?不行,我必须马上离开爱尔兰,我不想被任何人拴在这儿!"

那感觉就像有人把他的内脏全都给抽了出来,而且狠狠踩了过去。

你不是第一个告白被拒绝的人,他的理智对他说。

但是他不需要理智。恋爱的时候理智有什么用？把你的真心交给别人踩得粉碎这事儿理智吗？

现在他又失落又孤单。每个人都曾说她根本对他没兴趣。每个人都说他在浪费时间。但是当你坠入爱河，你会抓住一切证据让自己相信，总有一天，你醒过来的时候她会说："你知道吗？我错了，你是对的，你才是我的真命天子。"

但是根本没有这种事。

永远不会有。

他满脸泪水和雨水，摇摇晃晃一路走着，只看见闪电从夜空中划过。他一心想着赶紧回家。

回家。

他可能最多只走了十分钟。

闪电更强烈了。蓝色、白色、紫色……紫色？

紫色的闪电落在他前方的地面上，把他震得后退了几步。他记得自己看到那个装戒指的小盒子在一阵突如其来的大火中消失了。此事无论是从比喻意义还是现实意义上，都给他的人生画上了一条分界线。

他觉得自己也着火了。他唯一能看见的是紫色的闪电环绕着他，闪电遮住了两旁的树篱和路的前方。也遮住了四周的黑暗。

接着，那个声音就出现了。四面八方都是那个声音。他脑了里也是，仿佛那个声音从天而降的同时也出现在他心里。

"你的好日子到了。卡勒姆·菲茨奥格[1]从此不存在了,你有更伟大的事业。"

紫色的火焰消失后,那个声音长时间地跟随他,长达数天或数个星期之后,他终于愿意去拥抱这个新的事业。

第二天早上,他敲了敲自动柜员机的键盘,机器吐出了两百英镑。

那天早上,另外八台柜员机也吐出来很多钱。然后是其他城市的柜员机。接着他建立了账户。他通过网上银行进行不可追踪的操作,他在电脑上输入的程序消除了一切痕迹。

三个星期后,他成了百万富翁。他在世界各地都有地产。他还有很多公司,其中一些被关闭,一些被合并。一个月后,摩根科技就成立了。这一切都是因为他脑子里的那个声音告诉他应该怎么做。

接着,他组装了一个能够改变自己命运的电脑系统。他脑海中的声音让他建立起了德尔斐女士,那个声音仿佛进入了硬件,然后以某种方式竟然成了一个规模空前的人工生命体。

"我需要你,"那个声音非常柔和地说,"从今往后一直需要。我需要一个人类界面,来帮我和这个血肉之躯组成的世界建立联系。一个在现实中的化身。"

---

[1] 分别以字母C和F开头,之前他曾在窗户上画这两个字母。

于是，达拉·摩根诞生了。

他记得自己出生在一个富有的银行家和投资家家庭。他的父母死于私人飞机坠机事故，于是，他在21岁时继承了摩根科技。

他储存了很多虚假的记忆和事件，虚构的人物，虚假的资历和派对。全部都是假的，但是每当他想象出一点虚构的记忆时，虚构就会变成真实。那个声音告诉他，社会就是依赖计算机信息，再也不会有人用纸保存记录，因此非常容易捏造历史，谎言也更容易被接受，在这个被操纵的社会中，但凡通过键盘输入的信息都将被信以为真。

他记得那个声音告诉他，如何在数年之后打造出M-TEK，如何让市场相信它，同时也相信摩根科技。这是个长远计划。

他也记得某天下午在迪拜的街上遇到她的情景。

她和几个人一起坐在街边的咖啡馆看一堆文件。

他听见那些人说他们要再考虑一下他们的交易，然后就走了。接着，他坐到了她旁边。

她一抬头，先是疑惑，接着是惊讶，然后大为震惊。最后她勉强说："卡尔[1]？"

"我不是卡尔了，"他说，"我是达拉·摩根。"

---

[1]. 卡勒姆的简称。

她笑了，声音又轻柔又美妙，那美丽的笑声让他回忆起数年前的爱。

但他脑海中的那个声音说："不。想想那枚戒指。想想泪水和痛苦。不要妥协，达拉·摩根。"

"你看起来很像卡尔。"她说，"你来迪拜做什么？"

"曼陀罗将会吞没天空，"他说，"我想让你看看，凯特。"

他拉起她的手，她的眼中闪起了曼陀罗的能量光芒。接着，她打开先前和那几个人生意讨论过的文件。"请在这里签字，摩根先生。"于是他签了，因为那个声音让他签。

过了不到一个小时，摩根科技就拥有了一个全球范围的五星级连锁酒店，凯特琳成了第一个被他转变的人。

博士倒吸一口气，放开了达拉·摩根。他立刻倒在了地上。

整个过程持续了不到一秒钟，但对博士来说却像是永恒。

他后退几步离开达拉·摩根，其他被曼陀罗影响的人转向他，抬起手臂准备发射致命的能量束。

"不！"德尔斐女士的正弦波在屏幕上跳跃不已，"我需要这个身体。我等了几百年就为了见到博士本人。最后一个时间领主，现在他被曼陀罗螺旋抓住了，成了我的俘虏！"

那群人放下了手臂。

乔伊·卡恩斯突然挣脱哥哥的手向博士跑去。"不行!"他喊道,"放开他!"

卢卡斯马上追过去,接着多娜和威尔弗也站到了博士前面。

他们一起挡在了博士和被曼陀罗占据的电脑之间。

"谢谢你们所有人,"博士说,"但不用这样。"他朝德尔斐女士笑了笑,"所以,人选真不少啊。无关紧要的小孩,心脏不好、随时都可能倒下的老年人。他的朋友亨利埃塔,一个星星方面的专家……"

他给身后的大家使了一个眼色,只有多娜看清了。

亨利埃塔·古德哈特还站在门口,仿佛在努力思考究竟发生了什么。

博士神情复杂地看了她一眼……那是什么?多娜揣测着,悲伤,还有恐慌?绝望?他好像希望妮蒂能说点什么或做点什么。

但情况很不好,妮蒂此时已经不知道神游到哪里去了。

"车灯亮着,但是驾驶员不在。"多娜突然想到一句她妈妈会说的话。一个很可怕的说法,但是多娜现在不得不赞同。

而博士看起来似乎觉得妮蒂让他失望了,因为某种原因。"多娜,"博士转而对她小声说,"把你的手机给我,马上。"

她把手机交给他,眼睛依然看着德尔斐女士。博士迅速翻完了她的通讯录。

"多娜?"

"什么?"

"你为什么没有存你外公的号码?"

"因为他从来不开机。存他的号有意义吗?"

"好吧,多谢。"

"你给他打电话干什么?他就站在这儿呢。"

"他的手机在艾塞克斯,我要打给他的手机。"

多娜闭上眼睛,想象着手指放在键盘上,然后小声把号码告诉博士。她说一个数字博士就按一个键。当电话刚一接通的瞬间,他就挂了。

"希望你没记错,因为万一你记错了……"

"有人就会接到奇怪的电话?"

"世界就会毁灭。但是,嘿,那可就好玩了。"他把手机还给多娜。

"你不会得逞。"多娜的外公对电脑说道,"这个人睿智非凡,他曾无数次拯救地球,无数次拯救整个宇宙。你要先打倒我们才能靠近他。"

上帝保佑外公,多娜真心觉得这番话阻止不了德尔斐女士。但她确信博士需要妮蒂回应些什么,他也一定需要她再拖延一些时间。

"德尔斐女士,如果你想要一个去过银河系各处的身体来寄居的话,"她说,"用我的身体吧。我没有两颗心脏,头发也不那么非主流，但是至少我这个身体也体验过外太空行动。"她把博士推到身后，让他离妮蒂更近一些。

德尔斐女士的屏幕又开始闪烁："你的姓氏很高贵[1]，品行也很高贵，不是吗？"

"哦，从前似乎有人说过类似的话。有一天晚上，尼尔·贝利想要和我在音乐厅里干坏事，他就小声在我耳边说：'打碎一块高贵的馅饼，今晚一起开心吧，多娜。'[2]于是我朝他那儿重重地踢了一脚，然后就走了。请注意，他知道自己在引用莎士比亚，但他应该说布朗尼蛋糕，得点创意分。我爸对此很不认同，结果过了一周，他在酒吧一拳打在了贝利鼻子上。"多娜朝着电脑笑了笑，"你有被别人吃过豆腐吗？嗯，当然没有。因为你全是由电线芯片之类构成的，你很孤单，不是吗？所以你才干这些事，对不对？为了寻找爱？你不该研究占星术，应该写写'寂寞芳心'之类的。"

威尔弗拉了拉外孙女的胳膊，"你要把她惹火了。"

"真的吗，外公？我怎么没觉得。"她对外公眨眨眼睛，"我知道自己在做什么。"

德尔斐女士闪着愤怒的脉冲："我真想知道为什么总有愚蠢

---

[1]. 多娜姓Noble，意思是高贵。
[2]. 原句是《哈姆莱特》第二幕中的台词，"打碎一颗高贵的心。"心（heart）和馅饼（tart）在英文中只差一个发音，贝利记错了。

的人类围着博士。你们不就是来送死的吗？不然还有什么别的用处？多娜·诺伯尔，在你之前还有多少人乘塔迪斯旅行过，你知道吗？他们去哪儿了？你以为自己能永远和他一起旅行？你以为你是第一个这么想的人？你肯定不是。你看，你到了我这里，他们却没能来。你想知道他们后来都怎样了吗？"

多娜不会被这种话戳到痛处——因为她之前问过博士，而且得到了十分满意的回答。

但是这番话很显然引起了她外公的注意。

"宝贝，这是个好问题。"

"真的？现在问这个不合适吧，合适吗？"她厉声道。

"有没有一片墓地，排满了墓碑，上面整整齐齐刻着他们的名字呢？你觉得有没有呢，多娜？"德尔斐女士说，"墓地里也预留着你的位置，对不对？"

"有可能，"多娜回答，"不过老实说，我不太关心。活在当下就好了。现在，眼下，我要考虑的就是阻止你和你的僵尸军队。"

"摧毁他们。"德尔斐女士的语气无比的平静随意，多娜呆立了片刻，才反应过来。

与此同时，那群追随者们也举起手臂，准备发射那致命的能量束。

什么也没发生。

"摧毁他们！"电脑尖声说。

但还是什么也没发生。

"摧毁他！"德尔斐女士继续下达命令，但是那群人除了皱着眉头惊讶地四下打量以外，什么也没做。他们好像刚刚从梦里惊醒过来一样。

"啊，"博士说，"是我干的。嗯，实话实说，是一位名叫奥拉迪尼的可爱女士干的——我也不知道她究竟叫什么名字，我真是没礼貌。她破坏了你们构建的星座位置，你控制的所有圣马蒂诺后代的力量全都消失了。全体人员，全部，结束了。"

"结束了。"多娜用蹩脚的意大利语说。

"还没完！"

多娜看了看她左边。达拉·摩根拿着电脑站在旁边，一只手正飞快地敲打着键盘："我通过M-TEK向世界各地发出了删除信号。很快它们就会和电脑同步，不再下载你的指令。它们会植入病毒，然后清理整个平台，所有的磁盘记忆都会被彻底消除。"达拉·摩根最后一次敲下回车键，"我还设置了密码保护。"

"我是超级电脑，拥有无穷的力量，和几千万个遍布世界各地的电子设备相连。愚蠢的人类，你真的以为自己能阻止我？达拉·摩根，我对你很失望。"

达拉·摩根耸耸肩，"永远地阻止你可能不行，但我肯定拖慢了你的速度。之后的十分钟里信号都启动不了。说不定要等上好几天——博士有足够的时间可以阻止你。"达拉·摩根笑了,"我的名字是卡勒姆·菲茨奥格。"

德尔斐女士发出一阵叹息似的电子呼唤,"凯特琳?"

十年前那个卡勒姆爱过又被拒绝的爱尔兰女孩,立即从腰间拔出了手枪对准他。

"凯特琳,不要!"卡勒姆喊道:"反抗曼陀罗的影响,想想你自己究竟是谁!"

凯特琳皱皱眉头,"卡尔?"

"是的,是我!"

凯特琳耸耸肩,"之前我就不喜欢你,现在也一样。"

于是她开枪了,子弹从卡勒姆·菲茨奥格的头部穿过。

他还没来得及倒在地毯上就已经死了。

刚刚脱离控制的那群信徒们万分疑惑,他们同时尖叫着向屋外跑去。

"跟上他们,"多娜对卡恩斯兄弟说,"离开这里——卢卡斯,你带乔伊回家。赶紧跑回去,路上不要停。"然后她转身对威尔弗说,"你也是。"

"得了吧,宝贝多娜。我老了,跑不动了,我要在这儿一直和你在一起。我跟你爸爸保证过要照顾你,上帝作证,我肯定会的。"

多娜突然想起仍然拿着枪的凯特琳,于是她赶紧回头查看那女人在做什么。凯特琳这时已经把枪放在了桌上,正面对着屏幕里的德尔斐女士坐着。

博士从多娜身边经过,顺便把妮蒂推向了威尔弗怀里,并且小声说:"抱紧她别被人群冲散,威尔弗,就如同你们同命相怜一样。"然后他偷偷蹲到凯特琳身边,悄悄地摸到她的枪。

"拿着吧,"她平静地说,"卡勒姆和我已经造成了很大的伤害,我必须这样做。"

"你只是被曼陀罗控制了。"博士说,"我让卡勒姆获得自由,他又让你脱离了控制。"

凯特琳满脸泪水地看着他的眼睛,"德尔斐女士从来没有控制过我,曼陀罗也从来没有控制过我,他们不需要控制我。"

"那是谁让你杀死达拉·摩根的……呃,名字不重要了。"多娜问。

"他的精神已经脱离控制……好几天了。他开始回忆起很多事……他是薄弱环节,我必须剔除他。"

"你必须什么?为什么?他刚刚可能已经拯救了全人类!我们不是一直在做这件事吗?"

凯特琳突然直勾勾地看着博士的眼睛,"我不知道,"她眼睛里又泛起泪光,"我怎么了?为她卖命让我变成什么了?我刚刚杀了人。啊,我的天……我刚才想都没想就杀了他。"

"现在哭有点太晚了吧，朋友，"多娜讽刺道，"替曼陀罗工作，你可能已经杀了很多人。"

"我知道，"凯特琳轻声说，"我完全疯了，一心想要……力量。我想控制自己的生活。"

"我控制一切，"德尔斐女士的脉冲又回来了，"包括你的生活。"

"不，你没有，你这盒愚蠢的电线。我曾认为自己想要这样的生活，所以才做出这样的选择。但是你知道吗？我反悔了。"她迅速敲打起键盘，"我要关闭无线网，打开你的防火墙。"

"那也不可能阻止我。"

"对，不过可以暂时把你隔离起来。"凯特琳难过地看了看博士，"我能做的只有这点事情，时间领主先生。现在该你了。"她把椅子往后一推，撞上了博士。然后满怀歉意地绕过他，来到卡勒姆的尸体旁。"我们本来可以统治全世界的。"她说着跪在他的身边。

博士不明白凯特琳的话究竟是什么意思。

无线网。防火墙。这些都毫无意义，德尔斐女士非常强大，比防火墙之类厉害得多。他敲打着键盘，一团紫色的曼陀罗能量几乎炸掉他的手指。"好了好了，不要这么暴躁。"

"我要消灭你，博士。你将会——"接着她不说话了。

他也终于明白凯特琳做了什么。她乱七八糟说了一大堆，好让德尔斐女士浪费程序去追踪她说的那些改动。发现防火墙和无线网安然无恙之后,电脑就会去检查别处。德尔斐女士就会被延迟……嗯,坦白地讲,延迟不了多久。

但是她的计算还在继续,博士从一块显示器上就能看见,那些程序本身就像小型病毒,一种不断自我复制的数学方程式,每一秒都要消耗无数字节,它越是想计算出结果,方程式越是成倍地变得复杂无解。博士笑了起来。

虽然可能只会延迟德尔斐女士几秒钟,但是凯特琳确实非常专业。他朝卡勒姆尸体的方向看去,本来希望能够看到凯特琳。

但是那里只有一具尸体。

博士摸摸自己的口袋。手枪还在。但是有一样东西不见了。

"多娜,"他小声说,"多娜,我希望你现在去楼下大厅。那些人现在都很疑惑,不知道自己在哪里。正如我们所知,他们中可能有一大半的人都不会说英语。他们需要有个冷静理性的人维持秩序,指挥人群,向他们解释事情的缘由。"

"但能干这种事的人都没空,"多娜说,"那就必须我去吧。"

博士笑了笑,"多娜,你才是最适合干这事儿的人。去吧——不,你别去,威尔弗。你和妮蒂就留在这儿。"

"他们为什么不能和我一起去?"多娜急切地问道。

"家庭事务。"博士说,"相信我。几分钟之后,他们就会和我一起安全下楼了。"

"但是……"

威尔弗走上前,"去吧,多娜。不要和他争。他从来没辜负过你吧?"

于是多娜下楼了。

"你这用词不太合适吧,威尔弗。"

"你辜负过她?"

"呃……"博士想了想,"没有。不过有一两次差一点。"

"要是让我知道你辜负了我外孙女的信任,你就好好想想怎么对我解释吧。"

他们的目光穿过房间交会在一起。虽然只有很微小的一瞬间,只是永恒的一个碎片,但是博士知道,自己绝对不能辜负多娜·诺伯尔的信任,永远不能。

"我不会的。"他说,"实际上,威尔弗,我应该说'我们'不会,因为你现在也非常重要。对于多娜,对于我,对于全世界,都很重要。尤其对于亨利埃塔·古德哈特来说,更是重要非凡。"他突然站起身来,"别这样,凯特琳。"

威尔弗注意到那个爱尔兰女孩站在墙边的集线盒旁,手里拿着一支时不时闪耀蓝光的银色笔。"她要干什么?"

"你不知道怎么使用它,凯特琳,"博士慢慢地说,"德尔斐女士再过一会儿就会恢复运转了。她会阻止你的。"

"让她来吧!"凯特琳说,"你是对的,我还不知道怎么用它。不过我觉得,如果我按下这个,拧一下那个,再把它完全插进那里……"

"凯特,不要!"

太迟了。被未经训练的双手胡乱摆弄一番之后,音速起子携带着大量的能量尖叫起来,接着,凯特琳把它插进刚打开的集线盒里,插入了约翰尼·贝茨前几天死去时刚接好的光纤线中。

几簇紫色的火花闪过,凯特琳消失了,随着一大块墙面、线缆和博士的音速起子一起分解成了原子。

"好主意,"博士十分沉痛地说道,"但是肯定还有更好的办法。"

"电脑关闭了。"威尔弗说。

博士看了看屏幕,趴下去检查服务器。"完全彻底死寂无声了。"他确认道。

"我们赢了?"

"不,还早着呢,"博士看了看威尔弗,"我向多娜撒了谎。"他坦白道。

"我知道,"威尔弗回答,"但是你保证了她的安全,谢谢。"

"凯特琳切断了来自电脑的曼陀罗能量供给。不管从哪种层面上来说,德尔斐女士都不存在了。被删除了。被毁灭了。"

"但是那个叫曼陀罗能量的东西仍然存在,对不对?"

"它被困住了。"

"在哪儿?"

"就在这个房间里。现在,它正在找新的宿主。我们可能有三分钟时间。"

"它不会选我,所以你才让我留下。我听见你说我心脏不好,我会死。"

"什么?"博士皱皱眉,想起自己之前对德尔斐女士说的话,"威尔弗,其实我根本不知道你心脏到底怎么样。我觉得你至少还能活上好几十年。我那么说是因为——嗯,根本不重要。"他向缺了一大块的墙壁看去,那是凯特琳刚才站的地方,"我觉得它不能让死人复活,所以我希望它选择最容易的目标,阻碍最少的一条路。"

威尔弗循着博士的目光,看到了站在他旁边的妮蒂,她正安详地微笑着。

"不……"

"这是最有可能的容器。"

威尔弗悲伤地摇着头,"那是我的妮蒂。我们还要去环游世界,坐游轮去南美,去加拿大,去印度洋。博士,她是我的生命。我从没想过有人可以取代我的妻子。上帝保佑她的灵魂,但是妮蒂·古德哈特出现了,她让我知道生活不只剩坐在菜园里听达斯蒂·普林斯菲尔德[1]的歌曲。我不能失去她。我不能承受再失去另一个女人了。我爱她！"

"我知道你爱她。很抱歉要让她做这种事，但是我不得不这么做。"

"你完全无法征求她的同意，她……她现在什么都听不见。阿尔茨海默病发作了。她没法表达个人看法。"

博士从口袋里掏出一张纸。

威尔弗看着那上面的内容。

> 我亲爱的威尔弗：
>
> 你曾说过，你能把多娜的性命交给博士。现在，也请把我的性命交给他。我不知道他要做什么，也不知道他做事情的时候我会是什么状态。但是如果你能信任他，那对我来说就足够好了。
>
> 亨利埃塔·古德哈特

"这是你那张特殊的纸，"威尔弗说，"会显示我想看的东西，多娜之前跟我说过。"

博士暗暗说"真要谢谢你了，多娜"，然后从钱包里拿出真

---

1. 英国著名摇滚女歌手，活跃于二十世纪六十年代。

正的通灵纸片:"不,威尔弗,这封信是真的。在汉堡店的时候,我向妮蒂说了可能要做的事情,还跟她解释了为什么她可能成为目标,以及潜在的……"

博士忽然停止了说话,威尔弗看到他眼睛里闪过一阵紫色的光。他用力地闭上眼睛然后再睁开,和平时一样,是棕色的。

博士喘了口气,"这可不好玩儿,但是它目前不会再想占据我的身体了。"

"不需要了。"亨利埃塔·古德哈特突然说话了,她的声音很平静,但是带着熟悉的恶毒语气,"我找到了新家。新的身体。可以走动,可以说话,有感觉。"

"放开我的女朋友!"威尔弗厉声说。

妮蒂只是笑了笑,"你这个被蒙骗的老可怜。这是我的新容器。曼陀罗还活着。我会毁灭这个世界,我要复仇。全宇宙都将变成一片混沌废墟,我可以好好地享用上几个世纪。美丽的混沌!"

威尔弗想靠近妮蒂,但是博士把他拽了回来,同时难以察觉地摇摇头。

"等一下。"博士看了看凯特琳先前所在的那片烧毁的墙面,然后又看看现在已经彻底没用的电脑和卡勒姆·菲茨奥格的尸体。曾经愤怒又绝望的卡勒姆,居然帮助了一个想要抓住机会毁灭地球的外星蛀虫。而亨利埃塔·古德哈特的身体现在被这股巨大的外星力量占据着,这股力量自黑暗时代就存在,现在正要横扫消灭他们所知的每一个星系。

除非博士计算正确。

妮蒂绕着房间走着,仿佛一切正常,她本该是一个健康、苗条、六十岁的女士,正打算去约克郡谷地远足,或者去加勒比海晒日光浴。她的同伴威尔弗就站在她身边。

可是她现在摇摇晃晃的,咳嗽个不停。

威尔弗想上前帮助她,但是博士拉住了他。

"抱歉,我知道你非常难受,"博士说,"但是你必须让它继续。"

妮蒂,或者说是寄居在她身体和思想里的外星力量,朝他们笑了笑。他们两个都不喜欢这种笑。它扭曲了妮蒂的脸,明白无误地显示现在这个人根本不是妮蒂。

"谢谢,博士,"她得意地说,"你给了我一段全新的生命租期。我知道电脑只是暂时的容器,总有一天我真正的宿主会出现。在研究了这颗滑稽可笑的行星之后,我更青睐年轻性感的男性身体,就像肥皂剧男主角或者运动员那样。但是老太太的身体也能凑合一下,等这个消耗殆尽,我就换别的。"

"消耗殆尽?"威尔弗看了看博士,但是时间领主正聚精会神地看着妮蒂。究竟是有什么原因,还是他不想面对威尔弗指责的眼神,威尔弗说不准。

"哦，你的外星朋友没有告诉你接下来会怎样吗？我还在想，他和亨利埃塔·古德哈特达成协议的时候，是不是也没告诉她。你看，威尔弗——我可以叫你威尔弗吗？妮蒂非常喜欢你，这让咱们能心平气和地交流一下，莫特先生听起来太正式了。"那个咧着嘴的笑容更加明显了，"总之，人类身体只能在短时间内承受曼陀罗能量，然后就会被烧尽蒸发，我就不得不去找新的宿主。最终还是要找博士。"

"是吗？真荣幸。"

"你知道一定会的。"

"但你首先必须削弱我的防御。最好是打败我，摧毁我的精神。你要怎么做到呢？"

妮蒂大笑——笑声中没有丝毫温暖和真切的快乐："通过摧毁你身边的每一个人。"

她忽然脚下不稳，想伸手扶着威尔弗。威尔弗也确实想伸手去扶她，但是博士从房间那头跑过来打开了威尔弗的手。

"喂！"

"不准动手，"博士小声说，"让她自己站着。"

妮蒂已经重新站稳，"就拿这个心脏不好的老头开刀。"

威尔弗刚想开口说话——然后他忽然明白了，难怪博士编了一通他心脏不好的瞎话。

他故意想让它占据妮蒂的身体，而不是威尔弗的。

但是为什么呢？

"从前啊，博士，我们把这个世界视为威胁，因为这里充满了潜力。我们试图阻止它发展，不让它掌握早期的科技。但是看看它现在的样子！我们错了，我们应该鼓励它发展才是。它已经可以通信了。只要有一点电脑病毒，曼陀罗就能遍布整个世界。地球上有七十亿人，博士。过几年，二十亿个家庭会配备个人电脑，平均每三个人就有一台。再加上工作场合用的电脑，曼陀罗可以在一小时之内有效控制地球上绝大部分人，再利用人类科技将曼陀罗散布到银河各处，这比我一个人干活效率高多了。二十年之内，我就能让人类在火星建立菜园。一百年之内，我们可以把半人马座阿尔法星当作殖民地。一个全新的曼陀罗帝国，其中既有螺旋的能量，又有人类的身体和通信科技。然后……然后……"

"不得不说，很好的构想。然后怎样？"

"干任何种族都会干的事，开枝散叶，建立统治……就这样一直继续下去。"

"哦，'就这样一直继续下去'，真是非常科学。"博士坐在德尔斐女士电脑面前的椅子上，那些电脑现在已经没用了。"然后呢？再跟我说说你的计划吧，这位威尔弗莱德非常想知道，我也想知道，多娜也是，她就在门外——你好啊，多娜，请进来——我觉得她肯定也很想知道。"

多娜走了出来,"我觉得在这里更能帮上忙。楼下那些怪人,我打发他们去了员工餐厅,告诉他们我一会儿就回来。"

"嗯,多娜,"博士谨慎地问道,"你用了什么办法阻止他们逃跑?"

多娜拿出一把银色的小钥匙在他眼前晃了晃,"因为我很聪明,知道把他们锁起来。"她笑了,"不过,我把卡恩斯兄弟送回家了。"

"很好,很好。曼陀罗正在说她/他/它建立新帝国的计划,就像拜占庭帝国,或者其他什么的?希腊?不……是什么来着?"

多娜张开嘴要提醒他是"罗马",但是博士阻止了她。

"好了好了,多娜,让曼陀罗自己想吧。快点,你的电脑中有所有的信息,我说的是哪个帝国?和兴盛衰落有关的那个,对不对?"

妮蒂/曼陀罗停顿了一会儿,然后说:"罗马。罗马帝国。"

"是的,很好。现在地球上有多少电脑了?顺便问一下,M-TEK的市场占有率是多少?"

妮蒂/曼陀罗皱起了眉,然后转向多娜的外公,"威尔弗?帮帮我……"

"妮蒂……"

"不，威尔弗莱德，"博士的声音突然响亮得如同一声枪鸣，"坐下，让妮蒂自己想出来。现在就坐下！"

于是，威尔弗和多娜一起坐在了地上。

"曼陀罗是从哪里来的？"

妮蒂/曼陀罗微笑着，"来自一个星云，博士。我们逃离了黑暗时代，在美丽混沌的中心建立了新家园。"

"当然，当然。那个地方叫什么名字？"

"是……那里是……我不记得了。"

妮蒂/曼陀罗轻轻摇晃了几步，"我们想不起来了……"

"快点，集中精神！"博士突然高声说，他开始围绕妮蒂/曼陀罗一边转圈一边问出一连串的问题：

"告诉我光速是多少？卡里奥奈特永恒之战[1]持续了多少年？犀牛人[2]的母星在哪里？《影子协议》中第二十三条协议内容是什么？本卓姆和森卓姆之战是谁获胜了？几个豆子算是五？快点快点快点……"他不耐烦地舔舔手指，"你如果不能自己思考，又怎么能够统治宇宙呢？"

"让我想一下……"妮蒂/曼陀罗啐了一口唾沫。

"想一想？好吧，我可以等你一会儿，我的意思是，我可以

---

1. 卡里奥奈特，即《神秘博士》第三季第二集《莎翁密码》里出现的女巫。他们和另一种生活在黑暗时代的伟人种族"永恒"发生过战争，最终战败。
2. 出现在《神秘博士》第三季第一集中的犀牛状人形外星人，职责相当于宇宙警察，主要负责维护并执行《影子协议》。犀牛人的母星名字就叫犀牛星。

耐心等亨利埃塔·古德哈特,因为她身体不适,对不对?哦,你没发现吗?你一点都没有怀疑吗?"博士抓住妮蒂的肩膀让她转身面对自己,鼻子都快碰到一起了。"你选的这位女士非常神奇,曼陀罗,你把自己锁定到她的意识里,占据了她的每一个神经突触和其他部分。但是问题在于,她的神经元病了。她大脑皮层里的神经细胞和突触每一天都在萎缩。你为了让自己匆忙适应她,加剧了她病情的发展,很遗憾,你已经要崩溃了。你已经想不起词语了——这就是语言错乱。你站不稳了?嗯,那应该是失用症[1]。你的颞叶、顶叶,都衰退了。"

"你……你骗了……你骗了我……"

"嗯……对,确实是。你越是努力恢复,越是使用曼陀罗能量恢复她的大脑,你就崩溃得越快,因为这位女士的阿尔茨海默病是无法治愈的,即使是你也无能为力。"

"那我,你知道,我要改变策略……换一个身体……我要……"

"怎么?什么?你要做什么?快点告诉我。"

多娜也加入进来,"或者你可以跟我们讲讲星星,那些神奇的星座,所有那些妮蒂知道的事情。告诉我们天狼星在哪里?怎样找到北斗星?每年的这个时候,在哪个方向才能看到金星?"

---

[1]. 由于大脑损伤引发的运动障碍。

威尔弗抓住了多娜的胳膊,"别说了,多娜,你让她越来越迷糊了。"

"计划就是这样,"她对外公说,"博士这么做的目的就是让她愈发迷惑。"

"但是妮蒂……你们在伤害妮蒂!"

威尔弗一动不动。他知道多娜和博士很清楚他们自己在做什么,但他还是想要阻止他们。他可以做任何事,就是不希望妮蒂这样被利用被伤害。但他却仍然努力忍耐着,一动不动,因为他曾经在报纸的某个专栏里读到过,"有时候,大的善举托生于小我的牺牲。"事实上,那篇专栏似乎说的是"生活从来不幸",但他却不想那样解读。

他讨厌这样。

有那么短短一瞬,他几乎要憎恨博士和多娜,他们做这件事的时候是如此的……不在乎。

接着他下定了决心。

"当星辰开始陨落,"他开始轻声唱歌,"主啊!那是何等的黎明。主啊!那是何等的黎明……"

他的声音有些颤抖,他清清嗓子又重新唱:"当星辰开始陨落,主啊!那是何等的黎明。主啊!那是何等的黎明。当星辰陨落……"

妮蒂开始用温和而微弱的声音回应:"罪人啊,星星陨落时，你要做什么……主啊，这是何等的黎明……"

威尔弗伸出手臂握住她的手，同时想要噙住眼泪。

这次博士没有阻止他。威尔弗慢慢地、颤颤巍巍地和妮蒂跳起了舞，他们两人一同轻声唱着妮蒂最爱的歌。

博士拍拍多娜的后背，"就看你外公的了。"他低声说。

"还记不记得我们第一次听到这首歌是在哪儿？"威尔弗边跳边问妮蒂，"当时谁在唱这首歌？带我们去吃晚餐的人叫什么名字？你还记不记得那辆银光闪闪的车？那是你第一次乘坐劳斯莱斯吗？那天的天气晴朗又美丽，车子经过那些街道的时候我说了什么？你能不能——？"

"我……我记不起来了……我是曼……曼陀罗……我能统治宇宙……但是我不能……"

"你是亨利埃塔·古德哈特，"威尔弗温柔地说，"你病了，病得非常非常严重。我很害怕失去你，我不想失去你。请你留下。"

"威尔弗莱德？"

听到妮蒂的呼唤，博士和多娜同时精神一振。

"你是威尔弗莱德……我是妮蒂……不，我是曼陀罗螺旋，我……主啊！这是何等的黎明……"

威尔弗紧紧地拥抱着她。自从深爱的艾琳去世后，他从未这样拥抱过谁。"罪人啊，星星陨落时，你要做什么？"威尔弗继续唱道。

"我的头……我不明白……我什么都记不起来了……"妮蒂推开他,"为什么我记不住?这不公平……不公平!我什么都记不起来了……这不公平!"

妮蒂仰起头看着天花板,双手指着她所看的方向。其他人看到,紫色、蓝色、红色的光尖啸着从她身体里进出来,在天花板下形成一团烟雾,就这样曼陀罗能量离开了妮蒂的身体,飞速地冲破房顶射入天空中。

噪音和亮光也随之消失了。

曼陀罗消失了。

妮蒂的双手无力地垂下来,头也耷拉着。

威尔弗上前扶住她,但是妮蒂只是摆了摆头,看着他,似乎认出了他,脸上出现一个欣喜的微笑。

"威尔弗莱德?"她看着酒店的套房,然后看到天花板上正圆形的洞,又看看博士和多娜。

"哎呀,糟了,"她说,"我又神游了吗?这次我又走失到哪儿了呢?"

"亨利埃塔·古德哈特,"博士笑着说,"你刚刚拯救了地球。你太了不起了。"

多娜用手肘推了推他,"没错。不过你也稍微起了点作用,外星人。"

数百英里。数千英里。数百万英里。

脱离肉体后已经解体的曼陀罗螺旋碎片在转念之间穿过宇宙,它内心在尖叫,而思想却已破碎,试图找到回家的路。

但是家在哪里?当然是在……不,是在……

家在哪里?我是什么?为什么是我?

谁……什么……哪里……怎么……

我思故我在……

我思故……

我思……

我……

"我"是什么……

没有……

"我"是没有……

我……

我……

wo…

……

多娜在员工食堂维持着秩序,让所有人都冷静下来,很快排好了队。博士放心了——安慰人类这种事情,多娜比他熟练得多。而且更重要的是,现在她编的假话要可信得多。她说,由于摩根科技泄露计算机病毒才造成了混乱，等到天亮，所有人都可以回家了。

博士打了几个电话给他认识的高层人士（也许不是很高层），然后宣布，很快就会有人来帮大家预订头等舱机票，可以送大家去任何要去的地方。

"这里是英国。"那个美国老头儿低声说。

"我一直都很想来英国。但我到底是怎么来的呢？"

博士不能回答这个问题。于是他哄骗说，他可以帮他们夫妇二人在市中心安排酒店（不是这家酒店，谢天谢地），他们可以得到一张在伦敦游玩七天的通票。"坐火车去巴斯，或者沃里克，或者怀特岛吧。"

"赫尔也不错。"多娜补充说。

"多娜，他们为什么要去赫尔？赫尔有什么可看的东西？"

"我不知道，"多娜说，"我从没去过赫尔。但我总觉得这个地名念起来挺有趣的。"

"赫尔不错。"威尔弗也加入了他们的谈话，"我曾经为了看比赛，在那里度过了一个周末长假。乘船去的。"

博士让步了，"好吧，"他对美国夫妇说，"那就去赫尔吧，似乎可以乘船。"

那对老夫妻到一边谈论赫尔去了，博士的注意力转向那几个学生。三男一女。

"教授怎么了?"那个女生问。

站在后面的两个男生(哦,这是一对,多娜认为)点了点头,还有一个看着地面,"他死了,对不对?"

博士点点头,"那个意大利男人?是的,我很抱歉。"

学生们互相看了看,"那我们没有任何必要回意大利了。"

"我要回去。"后面那个矮个子的人看着另一个人。

哎呀,多娜心想。

"我们至少要完成收尾工作。"第三个人说。

于是,这四个人到一边小声讨论去了。

那个希腊人似乎充满了歉意,他说自己完全不知道自己做了些什么,但是他猜一定不是好事。博士说那不是他的错,他应该回家和家人团聚去,忘了伦敦。

那人自言自语地走到旁边去了。

"也许他在希腊做了什么不好的事情?也许这其中有人也做过?或者所有人曾经都做过?"多娜说。

"我也不可能搞清楚所有的事情,多娜。"博士叹了口气,"我们只能希望,万一他们之前真做过什么事,如今能接受现实。但他们很可能什么都不记得了。"

"你在想哥白尼天文台的朋友,对吗?"

"他们中的某个人杀了他,扭断了他的脖子。很可能是那个希腊人,但我不是警察。我也没有证据。"

多娜仔细思考了一下这里头的道德问题，突然她的手机响了——是一条短信。

"奥拉迪尼小姐。"多娜朝博士晃了晃手机，然后打开这条短信。

"她还好吗？"博士问。

"她正欣喜若狂。你都对她做了什么？"

"我不知道你在说什么。"

"博士？"

"嗯，大概是我和UNIT交代那拨人的事情时，顺便提了一句，我们都欠她很大的人情。"

多娜笑了，"她说，她的来英签证升级了，现在她来去自由，再也不需要躲躲藏藏了。啊，她还让我告诉你，她养了一只叫多莉的猫，她还说，你知道这是什么意思。"

博士听了果然非常高兴，"这对他们两个都好。"

"我以为你不怎么喜欢猫。"

"我一直很喜欢多莉。她需要一个温暖的家。"

"博士？有多少人被德尔斐女士用完就扔了？"

"人类对曼陀罗螺旋来说只是工具，用完就扔的工具。"

"就像你利用妮蒂一样？"

博士明显皱了一下眉。

"抱歉，"多娜说，"利用妮蒂真的有点过分。"

博士看着自己的朋友,"但我至少很坦白和真诚。我不得不冒这个险,多娜。再来一次的话,我会更加毫不犹豫地那样做。"

"我的天,"多娜假装惶恐地说,"我都对你做了什么啊?"

博士却显得很严肃,他握住了她的手,"你让我成了一个更好的人。"

多娜缩了缩手,转而像平常一样开玩笑道:"从现在开始,不要碰那些你赔不起的东西了,外星人。"

他们看见威尔弗和妮蒂朝着接待区走去。"我们送他们回家和你妈妈会合吧?"

多娜点点头,"你也去吗?我是说,你知道我妈这个人。"

博士点头道:"当然。就是老年版的多娜。"

"喂!"多娜笑着挽起了博士的胳膊。

"走吧,外星人。你战胜了桑塔人、岩焦族,还有堪达林加的鱼人。跟他们相比,我妈妈一点都不可怕。"

"真的吗?"

"真的。除非今天是星期一。星期一她脾气不太好。今天是星期一吗?"

"今天确实是星期一。"

多娜抓紧了他,"所以,该我保护你了。"

星期五

几天后，人类已经像往常一样继续忙碌和生活了。摩根科技大楼被官方爆破掉，之后彻底烧毁了。在CEO和行政人员缺席的情况下，摩根科技宣告破产。

M-TEK被召回销毁，有人签发了逮捕达拉·摩根的命令，直到查明他的真实身份（或者说证明那人不是"达拉·摩根"）之后，逮捕令才作废。接着，摩根科技被UNIT接管，从公众视线中消失了。那些守着大坑的人也清醒了过来，谁都不明白自己为什么在那儿。他们也被捕了，然后UNIT介入，所有人又都被释放。

诺伯尔全家要再次去皇家天文学会——威尔弗要再次参加晚宴，并被授予荣誉称号。妮蒂和他们一起去，希尔维亚和她一起忙前忙后，打点准备，还跟她一起试帽子，那些帽子上装饰着大得吓人的羽毛。她们开开心心地说笑着。

威尔弗和博士明智地躲到了后花园，一边喝茶，一边小声讨论博士"和外太空机器人"的冒险，每个故事基本上都以高声大笑结尾。

多娜到露台门口让他们小声点。

"要是妈妈问你们在聊什么,你们就完蛋了。"

"当然不会告诉她真相,不是吗?"博士朝他们两个挑了挑眉毛。

祖孙二人迅速交换了一下眼神,接着异口同声说:"你疯了吗?"

"她肯定会杀了你。"多娜说。

"再为了保守秘密也把我杀了。"威尔弗表示同意。

博士耸耸肩,换了个话题:"今晚的盛会,你们什么时候出发?"

"我们七点出发。"多娜说。

博士开口想要反对,他想说,自己再也不想去参加皇家天文学会的晚餐了。他不想再被科洛斯兰博士轻视,也不想和阿里阿德涅·霍尔特就手指画和她欠缺得吓人的服饰品味进行没完没了的沉闷谈话。

"太好了,"他言不由衷地说,"我需要回塔迪斯一趟,嗯,换身西装。"

多娜摇摇头,"小朋友,你就待在这儿。"

"这儿?"

"这儿。"

"没有塔迪斯?没有西装?"

"没有塔迪斯,没有西装。没有莱娅公主给你打电话,说你是她最后的希望[1]。"多娜端起茶杯,"还要茶吗?"

博士点点头。

希尔维亚出来了,她正在打电话。"你说真的?"她说,"大概是在那些光线出现时的混乱中被偷走了……嗯,对。哦,那有点狡猾,你还希望有人偷你的车,你就能获得保险公司赔偿了。嗯,好,回头见。再见,亲爱的。"

她放下手机,"韦布先生的蓝色面包车被偷了——他本来就不想要那辆车了,所以没锁车,钥匙也留在车里,他可以让保险公司理赔。目前车子被发现了,已经烧毁,在东区某个地方。我也说不准,有些人……"她把手里的东西放在威尔弗面前。

是一堆护理中心的宣传册子,但都被撕成两半了。"我觉得妮蒂应该搬进来,和我们一起住。"她摸摸威尔弗的脸,"和你一起。"

威尔弗起身拥抱了女儿。

"不。"妮蒂出现在了他们身后,她的新帽子让她看起来非常漂亮,"现在我的脑子很清醒,是近几年来最清醒的一段时间。但是我不能搬进你的家里,希尔维亚。"

---

1. 这里说的是《星球大战·新希望》。多娜在拿《星球大战》的情节和博士开玩笑。

"为什么?"威尔弗问。

"我亲爱的,"妮蒂朝他眨眨眼睛,"你说这话让我无比幸福,但我不傻。如果我神志清晰,和你们在一起当然很好。但是如果……如果我又糊涂了,你们两个是没办法照顾我的。你们两个都不该承受那种紧张和压力。这对你们俩来说不公平。"

她拿起那些撕碎的宣传册,"如果你们同意,可以帮我搬到护理中心,看看我们能不能找一家大家都满意的。"

希尔维亚把手话在妮蒂的胳膊上,"这可是个重大决定。"她说,"你确定吗?我说希望你搬过来并不是为了装好人。我真的认为你该搬来,成为我们的家人。"

妮蒂看了看博士,"你觉得呢,博士?"

博士看了看希尔维亚,又看了看多娜和威尔弗。然后,他又看向妮蒂:"亨利埃塔·古德哈特,我认为你是一位聪慧、通情达理的坚强女性,你比我们都要更了解自己的想法,你会去做你认为正确的事。"他接过多娜的茶杯喝了一大口,"我毕竟不是你们的家人。我只能礼貌地退出这场谈话,去烧点水好了。"

于是他迅速回到屋里,洗杯子烧水,然后透过厨房窗户看着花园里的大家,暗自笑了笑。

"胆小鬼。"一个平静的声音从厨房门口冒出来。

"那是你妈妈和你外公的生活,多娜,"他说,"不是我该插手的事情。家庭事务,我处理不来。"

多娜靠着水槽站在他旁边看了看窗外,"她看起来……病情得到控制了。完全……"

"正常?"

"我大概不会用这个词,不过确实是。"

"不会持续太久。"

多娜没看他,"为什么不行?也许曼陀罗能量清理了她的神经元阻碍,让它们全都复原了。"

"保守地说,那是二期阿尔茨海默病,多娜。神经细胞衰退了,"他轻轻回答,"不会好转了,只会变得更糟。不会发生奇迹,任何方法都治不好妮蒂了。她的脑子现在就像汽车挡风玻璃,从某些方面来说,曼陀罗螺旋是雨刮器,暂时把玻璃擦干净了。但是过不了多久,灰尘、昆虫、泥巴就会把挡风玻璃再次糊上,它会重新变得模糊。我也很抱歉。"

"怎么能这样?"

"是啊。但是生活从来就不会像我们希望的一样一帆风顺。宇宙中有上百万种大病小疾。如果曼陀罗这样的坏东西能够治愈其中一种,我是会放过它的,我会让它一直存在,做些好事。但是,从来就没有治愈阿尔茨海默病这种疾病的奇迹。生活没这么简单。不过人们应该不断寻找,也许有一天能发现某个答案。"

"那就证明你是错的。"

博士笑了,"对。有时候也会发生这种事。有时候我很高兴自己错了。我也希望自己能够帮助她,但是我无能为力。"

"外公怎么办?"

"他是个大人了。他会做出成熟理性的决定,他会尽可能久地照顾她。在我看来,威尔弗莱德·莫特是个大好人。"

"我同意。"

"也许我们应该停留一段时间,帮妮蒂找个好地方。你也可以和你妈妈度过一段有意义的母女时光。"

多娜摇了摇头,"现在虽然挺好,但是过不了一周我们就要吵起来了,整天对着彼此大喊大叫。"

他们透过窗户看着花园,希尔维亚和妮蒂正在翻看宣传册。

"茶呢?"威尔弗出现在博士和多娜身后。

"外公,"多娜突然说,"也许我该把你和妈妈放在第一位。也许我该留下来帮你照看妮蒂。"她看了看博士,"我会很想念你,还有那些……所有……"她指了指天上,"也许是时候有所成长了。"

威尔弗抱了抱多娜,"孩子,什么最让你快乐?"

多娜想也不想地看了看博士。

"你觉得,你因为我而放弃这一切,我会快乐吗?妮蒂会快乐吗?"

"但是你和妈妈,你们需要我……"

"也许。但是,我们这段时间就安排得很好。我更愿意你和博士去外头,像前几天那样,去拯救别的星球和那些地方的人。"

"妮蒂呢?"

威尔弗悲伤地笑了,"她病了。最终她会离开我们。我也是。你妈妈也是。我们没办法像你一样经历那些激动人心的奇迹。你会记得那一切。妮蒂的病也许还能坚持五年,也许下周四就不行了。不过,她至少还能从18号走到皇家花园号去。我不会让她的病情或我们的悲伤情绪影响到不在身边的你,我们不会阻止你去过自己选择的生活。去吧,和他一起去。"

博士伸手搂住多娜,"我会照顾好她的。"

"很好,你肯定会的。不然就有大麻烦了,记得吗?"水开了,威尔弗关上火。"听着,我保证——我、你妈妈、妮蒂——你下次回来的时候,我们还会好好的。我不会让妮蒂去任何地方,她是我生活保持正轨的希望。"威尔弗开始泡茶,"你是一位了不起的女士,多娜·诺伯尔,"他说,"我很高兴自己认识你,我爱你。"他亲了多娜的脸颊,"去叫出租车吧,我可不敢让你妈妈今晚在喝了雪利酒之后开车。"

他给他们两个一人一杯茶,然后举杯致意。

"为家人干杯。家庭的纽带牢不可破。"

一天……（重复）

　　山上下着雨，那把宽大的高尔夫伞不断发出淅淅沥沥的声音，如同子弹敲打着马口铁。说实话，其实到处都在下雨，但威尔弗莱德·莫特此时只关心菜园这个地方，只关心山上的雨。

　　他看着星星，看着他的星星，那颗星星还在原处，但是不再预示地球、人类或者任何人毁灭的消息。

　　甚至也和妮蒂无关了。

　　"她现在怎么样了？"威尔弗听见身后传来一阵穿过菜园的脚步声。

　　希尔维亚坐在他身边，拿起他的保温杯，看里面的茶是否还热着。"我该再给你拿一杯上来，"她说，"我们没去看她。多娜和苏西·迈尔出去了，我没法面对这种事。"

　　威尔弗看着自己的女儿。感觉有什么事情……

　　她递给他一个信封。

　　"现在寄信太晚了，孩子。"他说。

　　希尔维亚没有说话，只是把信封在他面前晃动了下。

威尔弗接过信封。没有邮戳,是请人捎来的,地址上只写着"妈妈收"。

"卢卡斯·卡恩斯今天下午送来的。他说,多娜告诉他,不管怎样,要在他们告别之后的第六周把这封信送来。"

"多娜见到他了吗?"

希尔维亚摇摇头,"她当时在楼上上网,没听见门铃响。卢卡斯现在住在雷丁镇了。我觉得应该是博士帮他们安排的。卢卡斯以为她还……"希尔维亚指指星星,"他以为她还在那边,和他在一起。不需要破坏他的想象,对吧?"

威尔弗拥抱了女儿,"我们会挺过去的,亲爱的。"

"我们必须挺过去,不是吗?为了多娜。"

"也为了博士。"

"现在还有谁在照看着我们呢,爸爸?"希尔维亚突然说,"我是说,虽然我从来都不喜欢那个人,但我也知道我是错的。他拯救了世界,他让多娜快乐。他不止一次救了我们的命。但是如果多娜不和他在一起,他和这颗星球还有什么联系呢?他还会回来帮助我们吗?"

"他就是那样的人。"威尔弗说,"他是博士,当我们需要他时,他就会出现。他一直是这么做的。"

"如果他没有出现呢?过去我觉得很安全。我不知道桑塔人、曼陀罗、戴立克之类的东西。不知道他在保护我们所有人的安全。但是现在,我们都知道宇宙大得无边无际。比你,比我,比多娜都大。"

威尔弗再次看向星星,万一能看到神奇的塔迪斯飞过呢?

但什么也没有。

"好吧,总会有人保护我们的。"

威尔弗打开了信封。

希尔维亚站了起来,"我另外给你拿杯热茶。马上回来。"她本想俯身亲吻他的脸,结果却是用力地拥抱了他。

"我爱你,爸爸。"她轻轻地说。

然后希尔维亚走了。

多娜并不是唯一受到博士影响而发生改变的人,威尔弗有些悲伤又有些快乐地想。希尔维亚·诺伯尔情绪稳定多了,最近所有人都这么说。这封信里究竟写了什么让她今晚这么……伤感?

威尔弗掏出晚上在户外看天文书籍用的小卤素电筒。

他立即认出了信上的字迹。

是多娜的字迹。

他可爱、聪明、勇敢、美丽的多娜。

亲爱的妈妈:

你问我到底去做什么了。博士和我到底做什么去了。

我撒谎了。对不起。我告诉你他是个修理工,我们在全国各地游走逗留，帮人修理东西，我是他的助手。这不是真的。显然不是。我不知道你相不相信我，你是我妈妈，我骗不了你的敏锐。还记得外婆经常说的吗？你藏不住秘密，因为根本就不存在秘密这种东西。总有人知道——不然的话，谁告诉你这是秘密的呢？还真是这样。

几年前，我随波逐流，整天换工作——谢天谢地我去了H.C.克莱门斯工作。谢天谢地我让你说服我去了（虽然不是你想要我做的那种工作）——当然我那时候不是这么说的，我一感谢你，你就会得意起来。

但是，我确实很高兴你硬让我去了，因为我在那里遇到了最神奇的人（当然不是可怜的兰斯。我保证，今后我会找机会跟你说说他的真事儿。）

我遇到了博士。他是个外星人，妈妈。你可能已经猜到了。我不知道你为什么不怎么喜欢他。我时常想，是不是因为他带走了我，我觉得你可能也不能接受他改变了我这个事实。他让我更快乐，成了一个更好的人。

抱歉，结果未能如你所愿。我不是要怪你。

你给了我最好的生活。真的。但是他向我展示了更丰富的人生。

你问我打算跟他在一起待多久。永远。在他的行当里，这意味着可长可短。但是我真的不会在近期就回家。我保证会经常回来看你们,会多寄明信片,还会多打电话回家。你肯定不相信他把我的手机改成了什么样——别的手机相比之下看起来就像是罐头和骗人的玩具。

我们不是"一对"——没有恋爱的事。他是我的朋友。他是我最好的朋友。我希望我能向你解释清楚这件事。但是我没法和你当面解释,只能写下来。

我本来想长篇大论地说上一番,但是你也许更喜欢信件,所以我就写一封信。自从玛琳姑姑圣诞节送我那件衬衫之后,我第一次写信以"你忠实的某某"结尾了。那时候我多大呢?十四岁?你知道那之后发生的事——我觉得从那之后我还没写过这么长的信!

他能照顾我,妈妈。你一定要信任他,我信任他。

我希望如果我信任他,你也能信任他。外公也信任他,我的事他都知道——但是不要冲着他大喊大叫,是我不让他告诉你我们在干什么的。

因为你会担心。

妈妈——你应该看看我所见到的东西。我们去了很多地方,去了不同的世界,去了你只在梦里见过的过去和未来。我觉得说不定有一半都是我做的梦,因为它们几乎不可能是真的。但它们确实是真的。我们每到一个地方,就改变一个地方。我们纠正了很多事情,让人们过得更加幸福。博士一直做着这样的事。他有办法让宇宙保持秩序。我喜欢他这一点。

他很无私,我觉得自己也稍微受到他的影响,也变得无私了,但是显然影响得还不够多,因为我本该知道你有多难过,我本该知道仅仅在爸爸的周年忌日回家是不够的。

你需要我。但是博士更需要我。

这很糟糕,因为我爱你,妈妈。不能陪伴你绝对是个错误,但我希望你能理解我经常不在的原因。

我要和博士去别的星球、别的世界旅行,去和外星人之类的生物见面,他们中有好人也有一些坏人。而我终于找到了自己的生活。我之前没意识到,这么多年来,其实我未曾意识到自己一直等待着像他这样的人。但是现在我知道,自己的确在做正确的事情。我觉得自己充满了活力。

他会像我照顾他一样地照顾我。

我告诉你自己很安全的时候,请一定相信我,我一直都很安全。如果真的有什么事情发生(最好不要发生,因为那样的话,我的鬼魂会回来闹得他们外星人鸡犬不宁),我也知道他不会瞒着你们。不管情况多么艰难,他都会告诉你们。因为他理解孤独的感觉,也知道人绝不应该孤独,我想我的外星朋友不希望任何人孤单。

我爱你,妈妈,你收到这封信的时候(假设卢卡斯会帮我这个忙),我应该早就走了。但这就是和博士在一起的快乐之处,你还不觉得时间很久,我就又回来了。对我来说也许是过了六个星期,对你来说只是六分钟。

照顾好外公,还有可爱的妮蒂——她对外公很有好处,我觉得你现在一定也知道吧。她不是要取代艾琳外婆,她是外公的另一种选择。她让外公不再整夜坐在湿乎乎的菜园里。

我非常爱你,我很快就能见到你。

多娜

某年某月某日

威尔弗读了两遍,亲了亲签名,然后小心翼翼地把信放回信封里。

他想起了博士,想起了多娜说的孤独。然后想起了那个雨夜他悲伤的表情——非常非常悲伤。

他把多娜带了回家。他面对了他们,多娜说得没错。

希尔维亚说得也有道理,没有了多娜让他挂念着这里,谁能保证他下一次还能拯救地球呢?

随口说一句"总有人会的"倒是很简单。

也许确实会有人站出来准备好承担责任。

威尔弗站起来凝视着星星,体验雨滴落在他脸上的感觉。

他对着夜空致敬:"不知道你是否还在那儿,博士,是否还在看着我们。但是我觉得你在。因为你对每一个地方、每一个世界、每一个人都同样关注。不过,我觉得我们应该学着独立了。不再把你的拯救当作理所当然。"

他擦了擦眼睛上的雨水——如果有人问起的话,他会坚称那是雨水。

威尔弗·莫特回头看了看菜园下面伦敦西区夜晚的灯光。

没有外星人入侵的迹象,没有超级计算机密谋毁灭生命。

他只是在思考一份友情。

"快点回来吧,博士,"他小声说,"不只是在我们需要你的时候。有空过来喝茶。"

致　谢

　　这本书能送到各位手中，完全是因为贾斯汀·理查德和史蒂夫·特莱博的努力（他们都是杰出的编辑）。我非常感激他们二位，感激程度甚至超过他们的预期。

　　同时也感谢拉塞尔·T.戴维斯，他引导我以正确的方式描写多娜和威尔弗。还要感谢李·宾丁，他的封面很吸引人，感谢神秘博士美术部门的詹姆斯·诺斯，他提供了很多参考资料。还有我真诚的友人们，他们让我保持理智，不至于发疯：约翰·安斯沃斯、爱德华·拉塞尔、本·布朗、林德赛·阿尔福德、布莱恩·敏齐、达伦·司各特，其中尤其要感谢乔·里德斯特。